雨《あま》燕《つばめ》

北町奉行所捕物控⑤

長谷川 卓

祥伝社文庫

目次

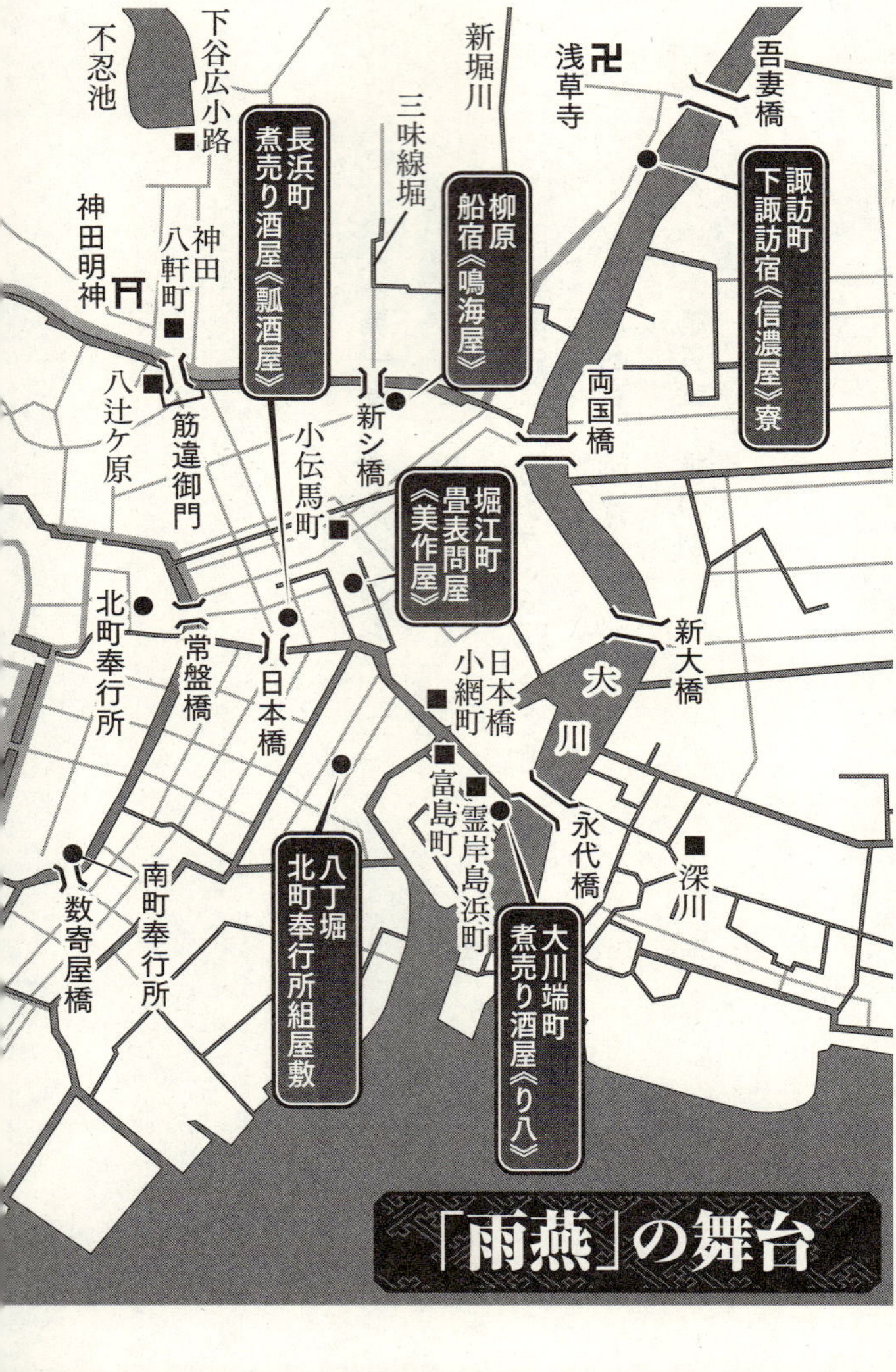

吾妻橋
浅草寺
新堀川
三味線堀
不忍池
下谷広小路
長浜町
煮売り酒屋《瓢酒屋》
柳原
船宿《鳴海屋》
諏訪町
下諏訪宿《信濃屋》寮
神田明神
神田八軒町
八辻ケ原
筋違御門
新シ橋
両国橋
小伝馬町
堀江町
畳表問屋《美作屋》
北町奉行所
常盤橋
日本橋
新大橋
大川
日本橋小網町
富島町
霊岸島浜町
永代橋
深川
数寄屋橋
南町奉行所
八丁堀
北町奉行所組屋敷
大川端町
煮売り酒屋《り八》
「雨燕」の舞台

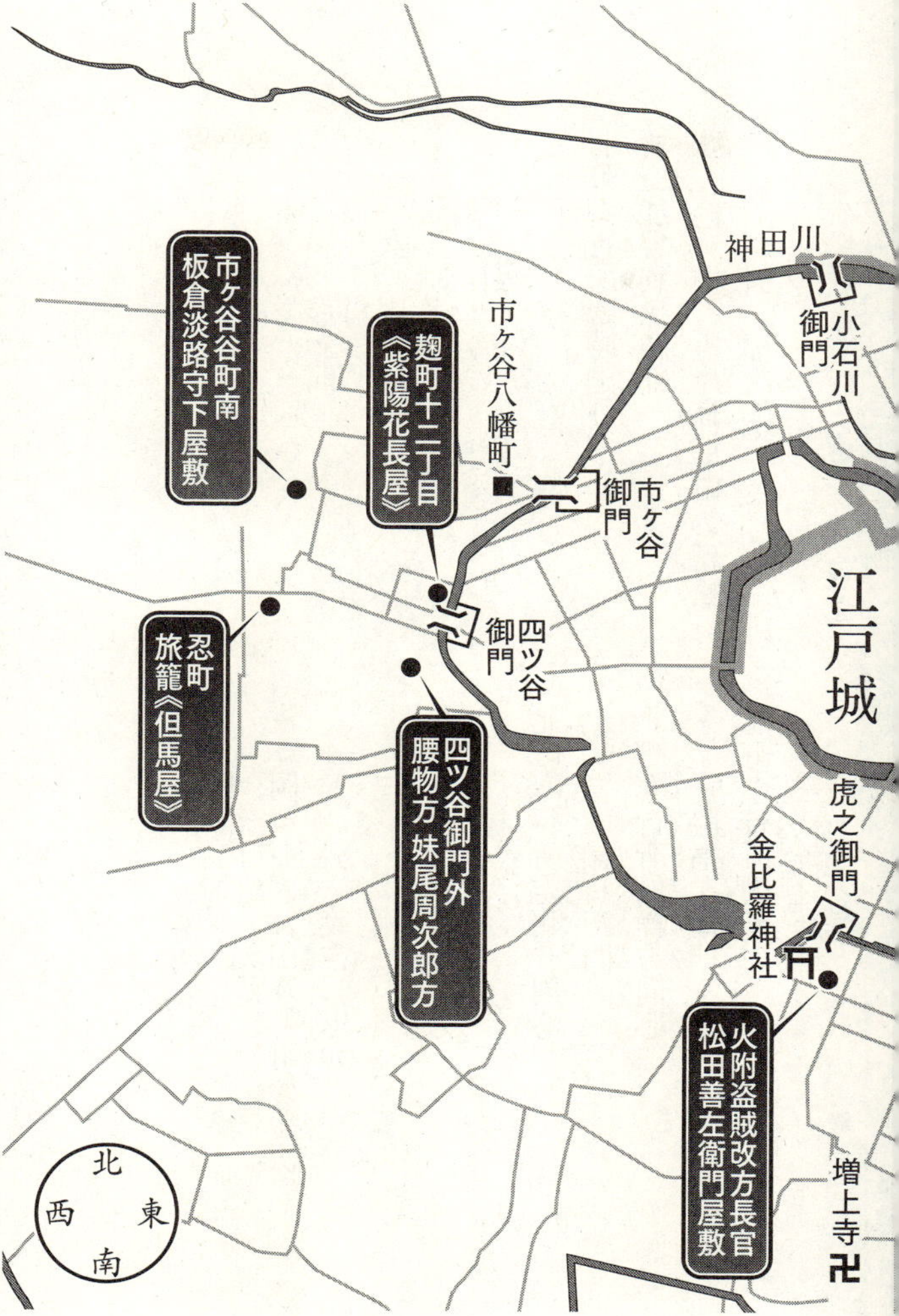

神田川
小石川御門
市ヶ谷八幡町
市ヶ谷御門
四ツ谷御門
江戸城
虎之御門
金比羅神社
増上寺
市ヶ谷谷町南
板倉淡路守下屋敷
麹町十二丁目
《紫陽花長屋》
忍町
旅籠《但馬屋》
四ツ谷御門外
腰物方 妹尾周次郎方
火附盗賊改方長官
松田善左衛門屋敷
北
東
南
西

【登場人物紹介】

北町《きたまち》奉行所臨時廻《ぶぎょうしょりんじまわ》り同心《どうしん》
鷲津軍兵衛《わしづぐんべえ》
妻女 栄《えい》
息《そく》 竹之介《たけのすけ》
養女 鷹《たか》
岡《おか》っ引《ぴき》 小網町《こあみちょう》の千吉《せんきち》
下《した》っ引《ぴき》 新六《しんろく》、佐平《さへい》

北町奉行所臨時廻り同心
加曾利孫四郎《かそりまごしろう》
岡っ引 霊岸島浜町《れいがんじまはまちょう》の留松《とめまつ》
下っ引 福次郎《ふくじろう》

北町奉行所定廻《じょうまわ》り同心
小宮山仙十郎《こみやませんじゅうろう》
岡っ引 神田八軒町《かんだはちけんちょう》の銀次《ぎんじ》
下っ引 義吉《よしきち》、忠太《ちゅうた》

北町奉行所年番方与力《ねんばんかたよりき》
島村恭介《しまむらきょうすけ》

北町奉行所定廻り同心
岩田巌右衛門《いわたがんえもん》

北町奉行所例繰方《れいくりかた》同心
宮脇信左衛門《みやわきしんざえもん》

北町奉行所内《うち》与力
三枝幹之進《さいぐさみきのしん》

火附盗賊《ひつけとうぞく》改方《あらためかた》
長官　松田善左衛門勝重《まつだぜんざえもんかつしげ》
同心　土屋藤治郎《つちやとうじろう》
同心　樋山小平太《ひやまこへいた》
岡っ引　鬼の梅吉《うめきち》
下っ引　丑《うし》、駒市《こまいち》

盗賊　赤頭《あかがしら》の三兄弟
吉之助《きちのすけ》、吉次郎《きちじろう》、吉三郎《きちさぶろう》

盗賊　火伏《ひぶ》せの長五郎《ちょうごろう》
万治《まんじ》
貞七《さだしち》
錠前破《じょうまえやぶ》りの丙十《へいじゅう》

腰物方《こしものかた》
妹尾周次郎景政《せのおしゅうじろうかげまさ》
中間《ちゅうげん》　源三《げんぞう》

六浦自然流《むつうらじねんりゅう》道場主
波多野豊次郎《はたのとよじろう》

煮売り酒屋《り八《はち》》
酌婦《しゃくふ》　お光《みつ》
（女賊　雨燕《あまつばめ》のお紋《もん》）

黒鍬者《くろくわもの》
蕗《ふき》　故押切玄七郎《おしきりげんしちろう》の娘

第一章　《り八《はち》》のお光《みつ》

一

安永《あんえい》五年（一七七六）十一月三日。酉《とり》の日。

よく今年は二の酉までだとか、三の酉まであるとか言うが、それは暦《こよみ》の上を十二支が子丑寅《ねうしとら》と十二日周期で巡るためで、三日が一の酉だとすると、二の酉は十二日後の十五日に、三の酉は更《さら》にその十二日後の二十七日と、月の内に三回巡ることになる。この三の酉まである年は、火事が多いとか異変が起こるなどと俗《ぞく》に言われていた。

この日――。

夜明け前に、江戸市中にちらと雪が舞った。しかし、降り積もることなく熄《や》み、後はしんしんと冷え込んだ。日中になっても日は差さず、どんよりとした空からは今にも白いものが落ちて来そうにみえたが、そのまま夕方を迎えた。

夕七ツ（午後四時）の鐘が鳴り終えた頃だった。

両の腕を組み、背を丸めた男が、柳原《やなぎわら》通りにずらりと続く古着屋には一瞥《いちべつ》もくれず、急ぎ足で土手道から豊島町《としまちょう》一丁目の路地へと切れ込んで行った。三十を幾つか過ぎた年頃であった。その男が他の男と違うのは、髪が心なしか赤茶けていることだった。男は名を赤頭《あかがしら》の吉次郎《きちじろう》と言った。吉之助《きちのすけ》、吉次郎、吉三郎《きちさぶろう》と年子《としご》の三兄弟の次男である。

吉次郎が飛び込んだ豊島町一丁目には、私娼《ししょう》を抱えた比丘尼宿《びくにやど》が建ち並んでいる比丘尼横町があった。比丘尼は主に昼から夕方までを稼《かせ》ぎの刻限としていた。そこが、夜に商売をする夜鷹《よたか》や船饅頭《ふなまんじゅう》とは違った。

吉次郎の後ろ姿を見送っている男がいた。路地の曲がり角に屋台を置いて商いをしている蕎麦《そば》屋の片割れだった。男はもうひとりの年嵩《としかさ》の男に目で合図をくれると、柳原通りを東に走り、豊島町二丁目の自身番《じしんばん》へと向かった。

年嵩の男は、北町《きたまち》奉行所臨時廻り同心《ぶぎょうしょりんじまわりどうしん》・鷲津軍兵衛《わしづぐんべえ》の手の者で、小網町《こあみちょう》周辺を縄張りとする岡っ引《おかぴき》の千吉《せんきち》。駆け出した男は、下っ引《したぴき》の佐平《さへい》だった。

吉次郎が上がる比丘尼宿は分かっていた。強欲で鳴らしている主《あるじ》が営《いとな》む《松葉《まつば》屋《や》》という宿であった。

比丘尼横町の女たちは神田《かんだ》多町《たちょう》辺《あた》りに住み、比丘尼宿まで通う者が多かった。中には、比丘尼宿で馴染《なじみ》となった客を己の塒《ねぐら》に誘い上げ、塒を宿代わりに使う者もいたが、吉次郎の目当ての女は、客を取るのは宿だけ、と決めていた。そんなところを吉次郎は気に入ったのかもしれない。

豊島町二丁目の自身番には、軍兵衛、佐平の兄貴分の新六《しんろく》、軍兵衛と同期の臨時廻り同心の加曾利孫四郎《かそりまごしろう》に岡っ引・霊岸島浜町《れいがんじまはまちょう》の留松《とめまつ》と子分の福次郎《ふくじろう》が待ち受けていた。留松は、独り立ちする前は千吉の下で捕物のいろはを仕込まれており、親分子分の間柄であった。

「来たか」軍兵衛が訊《き》いた。

「へい」佐平が頷《うなず》くのと同時に、軍兵衛と加曾利が、続いて留松らが立ち上がった。

赤頭の三兄弟は、二件の押し込みの廉《かど》で南北の奉行所が追い掛けていた悪《わる》だった。その三兄弟が子分どもを集めてどこかのお店《たな》を襲うらしいと分かったのは、十日前のことになる。

強請《ゆすり》で大番屋に送られていた男が、己の罪を軽くしようと、押し込みの話を漏《も》らしたのだ。

――ちょいと知り合った男から誘われたんでございますよ。野郎《の》は赤頭の子分だってことを隠してましたが、蛇《じゃ》の道は蛇《へび》、こちとらすっかりお見通しってやつでさあ。

探索の結果、吉次郎の馴染の女が浮かんだ。豊島町一丁目の比丘尼宿の女であった。御上の目が煙たい者どもである。比丘尼宿の近隣に見張り所を設けることは出来ない。

そこで目を付けたのが夜鷹蕎麦であった。屋台を借り受け、千吉と留松らが交替で路地の入り口に張り付いたのだ。

見張りを始めて五日目。今夜は千吉と佐平の番だった。

一刻（二時間）が経《た》ち、吉次郎が《松葉屋》から出て来た。日はとっぷりと暮れていたが、見逃す千吉ではない。店仕舞いした古着屋の陰に潜んでいる軍兵衛らに合図を送った。

新六、佐平、少し離れて軍兵衛と加曾利らの順で尾行が始まった。

吉次郎は新シ橋《あたらばし》を渡ると西に折れた。川面《かわも》を滑るようにして寒気が流れている。寒い。神田佐久間町《さくまちょう》三丁目の自身番の近くに、担《かつ》ぎ売りが出ていた。《正月《しょうがつ》や》と記された赤い旗が、自身番の明かりに浮き出ている。《正月や》は一杯十六文の汁粉《しるこ》売りのことだった。

吉次郎は足を止めると、気忙《きぜわ》しげに注文を出しながら振り返った。尾行の有無を調べているのだ。新六は既に、戸を閉《た》てたお店の庇《ひさし》の下に身を寄せていた。吉次郎が汁粉売りに目を遣《や》ったのを見て、吉次郎の動きを読み切ったのだ。その呼吸を教えたのは、千吉である。千吉は屋台を豊島町二丁目の自身番に預け、軍兵衛からの知らせを待っていた。

吉次郎は椀《わん》の汁粉を飲み干すと、小銭を放るようにして汁粉売りに渡し、神田佐久間町二丁目の方に足早に立ち去った。

佐平が新六に代わって尾行の先頭に立った。新六は佐平の背を見詰め、間合を取っている。

「ご苦労だったな」追い付いた軍兵衛が、新六に声を掛けた。「尾行を確かめたってことは、奴の行き先はこの近くだだな」

「そのようでございますね」

ふたりの思った通りだった。

一町（約百九メートル）程先にある横町の曲がり角から、佐平が合図を送って寄越《よこ》している。

「どこだ？」

佐平の脇に身を潜めながら、軍兵衛が訊いた。

佐平が指さしたのは、道幅約三間（約五・五メートル）程の横町に折れて四軒目の二階屋だった。脇に裏長屋に通じる木戸があった。きっちりと閉められた二階の障子《しょうじ》が、行灯《あんどん》の仄《ほの》かな明かりを孕《はら》み、膨《ふく》らんでいる。家の造りの想像は付いた。一階には土間とそれに続く八畳の部屋と台所があり、階段か梯子《はしご》で二階に上がるようになっているのだろう。

「誰が住んでいるのか調べて来い」軍兵衛が小声で背後の者に言った。

「自身番で訊いて来やす」

留松が跳ねるようにして駆け出した。留松の後ろ姿を見送っている福次郎を、加曾利が叱《しか》り付けた。

「親分を走らせて、子分のてめえがぼんやりしてるたあ、何てえざまだ。ここは、人が足りてるんだ。付いて行け」

「済《す》いやせん」

走り出した福次郎の耳に、加曾利の舌打ちが届いた。それは鋭《するど》い刺《とげ》のように、福次郎を刺した。

「迷ったんだ……」

と福次郎は、走りながら口に出して呟《つぶや》いた。でも、親分ならひとりで大丈夫だから、俺は旦那《だんな》に付いていたんだ。それなのに……。

「どうした？」

福次郎の足音に気付いた留松が、足を止めて待っていた。

「旦那が行けと仰《おっ》しゃったもので」

「そうか。行くぜ」

福次郎は、留松の背を追うようにして走った。

神田佐久間町二丁目の自身番の灯が揺らいで見えた。

留松と福次郎が、加曾利らが潜んでいる横町の曲がり角に戻るのとほぼ時を同じくして、軍兵衛と新六が横町の暗がりから帰って来た。

「いやがるぜ」と軍兵衛が言った。「二階の者が降りて来ているのか、それとも一階の者だけかまでは分からねえが、少なくとも六、七人はいそうな按配《あんばい》だ」

「吉三郎もか」

三兄弟は下に行く程、気性が荒く、特に吉三郎は既に四人の者を殺《あや》めているお尋《たず》ね者で、何としても捕えたい男だった。

「子分を怒鳴《どな》り付けている声がしていたが、多分吉三郎じゃねえかな」加曾利に答えた。

「だと、ありがてえんだがな」

吉次郎が入った家の裏手に回り、調べて来たんです、と新六が横に進み出て来た留松に話した。

「いざと言う時は、台所の出口を使うかもしれやせんね」

頷いている留松に、加曾利が訊いた。分かったのか。

「医者でございやした」留松が、軍兵衛と加曾利に聞こえるように言った。「名は、町田広庵《まちだこうあん》。ところの者は藪野竹庵《やぶのちくあん》と呼んでいる、とんでもねえ藪でございやして、どこぞの医者の下男が門前の小僧で薬草の名を覚え、開業したという話でした。素行《そこう》でございやすが、これが博打《ばくち》好きで、家に出入りする者は病持ちより博打仲間の方が多いそうです」

「するってえと、ここが一味の隠れ家と断じて間違いねえな」加曾利が留松に訊いた。

「そう思いやす」

「軍兵衛はどうだ？」

「疑う余地はねえだろうよ」

「隠れ家だとすると、人数が気になるな」加曾利が軍兵衛を見た。

「これだけ集まったってことは、押し込みは今夜かもしれねえぞ」

「助《す》けを頼むか」

「逃げられては元も子もねえからな」

軍兵衛は佐平に、千吉にこの場所を教えてから、奉行所に走るよう命じた。

「町に御用提灯《ぢようちん》を溢《あふ》れ返らせるのはまずい。気取《けど》られちまう。訳を言い、裏の佐竹右京大夫《さたけうきようだゆう》様の中屋敷で待機しているよう当番方に伝えてくれ。動きがありそうな時は、直《す》ぐに誰かを走らせるか、呼子《よぶこ》を鳴らす、となこ」

捕方を率《ひき》いて捕物出役《しゆつやく》に出るのは、当番方与力《よりき》と同心であった。指揮は与力が執《と》った。

「承知いたしやした」

「頼んだぜ」

佐平の後ろ姿が飛礫《つぶて》のように小さくなった。続いて加曾利が佐竹家に走り、直ぐに戻って来た。

「よし。二手に分かれよう」

表を軍兵衛と新六が、裏を加曾利と留松に福次郎が見張ることになった。裏口から長屋を抜けて、向こうの通りへ走らないとも限らない。

風が出て来た。風は、神田川の川面を嘗《な》め、吹き抜けて行った。どこかで夜干しの明樽《あきだる》が転がっている。

半刻（一時間）が経《た》った。そろそろ宵《よい》五ツ（午後八時）の鐘が鳴る頃だった。風にのり、笛の音が小さく聞こえて来た。按摩《あんま》の吹く笛であった。笛の音が途切れた。仕事にありついたのだろう。寒さが募《つの》った。

「遅くなりやした」

吹き渡る風の中から、千吉が現われた。

「今のところ、動きがねえんだ」

軍兵衛が顎《あご》で、町田広庵の家を指した。

「なあに、追っ付け出て来やすよ。それより」

いいものを持って来やした、と懐《ふところ》から布包みをふたつ取り出した。焼いた石を布で包んだ温石《おんじやく》だった。

「何よりだ。大助かりだぜ」

軍兵衛と新六は早速懐に押し込んだ。

「加曾利の旦那や留松たちは？」

「裏を見張っている」加曾利らの分の温石があるのか、訊いた。

「へい。それに焼いた餅《もち》もございやす」

千吉が腰に巻き付けた布を解いた。竹の皮に包まれた餅が湯気を立てている。

「二個ずつございやす。取っておくんなさい」

軍兵衛が両の手で摘《つま》み取った。

「おめえもだ」

新六が手を伸ばした。

「何から何まで済まねえな。これで力《りき》が出るってもんだ」

「そいつは、ようございやした」

餅を包み直し、千吉が加曾利らのいる裏に回り、程無くして戻って来た。千吉の顔が嬉《うれ》しげに弾《はじ》けている。

「何かいいことでもあったのか」

「吉次郎と吉三郎の言い争いに、吉之助が割って入ったとかで、間違いなく三兄弟ともに隠れ家にいる、と加曾利の旦那が仰しゃってました」

「上等じゃねえか」

「後は出役の旦那が来てくれれば、万万歳《ばんばんざい》でござい やすね」

そうだな、と相槌《あいづち》を打とうとした時、町田広庵の家の戸が開いた。

「早《はえ》えな。もう一刻か二刻の余裕はあると睨《にら》んでいたんだがな」

「ってことは、襲うのはお店ではなく、寺なのかもしれやせんね」

お店ならば物音が立つのを恐れて夜中に襲うだろうが、寺ならば地所が広く、音がしても気付かれにくい。町木戸が閉まるのは夜四ツ（午後十時）である。それまでに押し込みを終え、家路を急ぐ振りをして江戸を売ろうという算段なのかもしれない。

「いい読みだ。恐らくそんなところだろうぜ」

黒い影が、戸口から吐き出されている。赤頭の三兄弟に浪人風体《ふうてい》の者ふたりと、子分どもらしい。子分は五人いた。

「十人か……」

「おりやすね」

千吉が振り返って通りを見渡した。しかし、いくら見たからと言って、捕方が佐竹右京大夫の屋敷まで来ているのか否か、分かるものではない。

「佐平の奴、気が利《き》かねえな」千吉が唇《くちびる》を嚙《か》み締めた。

「着いたら知らせろと言わなかったのは俺だ。佐平の所為《せい》じゃねえ。こうなりゃ、俺たちだけでやるか」

「お任せ下さいやし。取り逃がすもんじゃございません」

「その意気だ。だが、俺が合図をしたら、直ぐに呼子を吹くんだぜ」

「勿論《もちろん》でさあ」

千吉と新六が呼子を口に銜《くわ》えた。

「では、引導を渡してやるか」

軍兵衛は通りに躍《おど》り出た。黒い影が歩みを止め、軍兵衛を見据えた。夜目にも、相手が着流しに黒羽織であることが見て取れたらしい。男どもが身構えた。

「雁首《がんくび》揃えてのお出ましらしいな」

子分のひとりが、家の裏手に逃げようとして、足を止めた。加曾利が両手を広げ、通せんぼをしながら押し出して来たのだ。表の気配を察知しての動きだった。

「最早《もはや》逃げられぬ。観念しろ」

「次郎兄貴よお」と吉三郎が、軍兵衛と加曾利を見ながら吉次郎に言った。「俺の言った通りじゃねえか。あんたが下手《へた》ァ売ったたんだぜ」

「その言い草はねえだろう。俺が下手売ったってえ証《あかし》でもあるってのか」

笑ったのか、吉三郎は青光りする目を吉次郎に向けると、

「昨日までは何の気配もなかったんだ。てめえが引き連れて来たに決まってるじゃねえか。冗談じゃねえぜ。押し込みの当日なんぞに女郎《じょろう》買いをしやがってよ」

「さぶ、止《や》めろ。今はそれどころじゃねえだろうが」吉之助が言った。

「次郎兄貴の勝手を許したのは、助兄《すけにい》、あんただぜ。とんでもねえ兄貴をふたりも持った俺はいい面《つら》っ恥《ぱじ》よ」

始末は任せたぜ。吐き捨てるように言い放つと、

「逃げるぜ」

黒鞘《くろさや》の浪人の背に隠れるようにして、吉三郎は加曾利の方へと向かった。子飼いの者なのか、子分がひとり吉三郎の前に回った。浪人の腰から白刃が滑り出た。

「吹けっ」軍兵衛が叫んだ。

千吉と新六の呼子が夜空に鳴り響いた。呼子に煽《あお》られ、一味が次々に匕首《あいくち》を抜いた。

軍兵衛が飛び掛かって来たひとりの股《もも》を斬《き》り、返す刀でふたり目の男の足を斬り裂いた。ふたりの男が血を噴き出しながら地べたを転げ回っている。

それを見て逃げ出そうとした吉次郎とふたりの子分の前に、千吉と新六が立ちはだかった。

「神妙《しんみよう》にしろい」

千吉と新六の十手《じつて》が、男どもの腹を突き、肩を打ち据えている。

加曾利が黒鞘の浪人と抜き合う隙《すき》に、留松と福次郎が吉三郎と子分のひとりを追い詰めている。

軍兵衛は斬り込んで来た吉之助の二の腕と足を斬り、地に這《は》わせてから残った赤鞘の浪人と対峙《たいじ》した。

生半《なまなか》の腕でないことは、身のこなしで分かった。身体に微塵《みじん》のぶれもない。巌《いわお》を思わせた。

赤鞘の切っ先が誘うように下がった。軍兵衛が半歩踏み込もうとした時だった。赤鞘の剣が軍兵衛の剣を弾《はじ》き上げ、次の瞬間稲妻《いなずま》のように飛来し、軍兵衛の腕を掠《かす》めた。黒羽織の袖《そで》がぱっくりと裂けた。

太刀ゆきの速さに、身動きが出来なかった。

「怖気《おじけ》付いたか」

赤鞘は叫ぶと、地を蹴《け》り、剣を振り下ろした。

刃が噛み合い、火花を散らした。焦げるようなにおいが鼻を突いた。

赤鞘の口が開いた。笑っているのだ。斬ることを、殺しを、弄《もてあそ》び、楽しんでいるのだ。

軍兵衛の怒りに火が点《つ》いた。

突きから小手と攻め立てた。難無く躱《かわ》した赤鞘が、うるさげに軍兵衛の刀を払い除《の》け、大きく足を踏み出した。

そこを狙《ねら》って軍兵衛が赤鞘の足許《あしもと》に倒れ込み、片手で摑《つか》んだ刀を横に薙《な》ぎ払った。

「何っ」

赤鞘は跳んで躱そうとしたのだが、まさか足を狙われるとは思ってもいなかったのだろう。跳躍する呼吸がひとつ遅れた。軍兵衛の切っ先が、袴《はかま》の裾《すそ》を斬り、赤鞘の足の腱《けん》を捉《とら》えた。

「汚《きたね》えぞ。足を狙うとは」赤鞘が地を転げながら喚《わめ》いた。

「構わねえんだよ。てめえなんぞ侍《さむらい》じゃねえ。ただの人殺しだからな」

「それでも武士か」

「押し込み強盗のてめえが、よくも武士とか言えたもんだな。笑わせるんじゃねえ」

「捕えられるものなら捕えてみろ。たとえ、どのような姿になろうと、おいそれとは捕まらんぞ」

　赤鞘が腰を突いたまま構えてみせた。

「無駄だ。俺はな、動けねえものには強いんだよ」

　軍兵衛は腰を割り、上段に構えると、据え物を斬るように振り下ろした。受けようとした赤鞘の太刀が、折れて飛んだ。軍兵衛は赤鞘の手から刀を叩《たた》き落とすと、剣を返し、峰で肩口を打ち据えた。赤鞘が白目を剝《む》いて地に伸びた。

「千吉」

「へい」直ぐに駆け寄って来た。見ていたのだろう。

「縛っちまえ」

「旦那、危なかったでやすね」

「真面《まとも》にやったら、とてもじゃねえが勝てねえ相手だぜ」

骨と肉の裂ける音がした。加曾利が黒鞘の浪人を袈裟《けさ》に斬り捨てたところだった。

噴き出した血潮《ちしお》に一瞬目を奪われた福次郎の下腹を、塀際に追い詰められていた吉三郎が蹴り上げた。悲鳴とともに横にいた留松を巻き込んで倒れた福次郎の傍《かたわ》らを、吉三郎が擦り抜けた。倒れていた子分が、吉三郎の足に縋《すが》った。

「親分」

うるせえ。吉三郎は子分の手を振り解《ほど》くと、裏へと駆け込んで行った。

「追え」

軍兵衛が叫ぶのと同時に、留松が福次郎を撥《は》ね除《の》けて、後を追った。福次郎が、その後をよろよろと追っている。

軍兵衛が透かさず辺りを見回した。争っている者はいなかった。

立っている者を見た。加曾利がいた。千吉は赤鞘に、新六は子分に縄を打っている。

「医者が中にいるはずだ。ふん縛ってくれ」

加曾利が家の中に飛び込み、腰を抜かしている町田広庵を引き摺《ず》り出して来た。

軍兵衛は一味の数を数えた。縄を打たれたのが、赤鞘と子分五人、それに赤頭の兄弟ふたりと広庵。黒鞘は事切れたらしく、ぴくりともしない。一人、吉三郎が逃げたことになる。

浪人ふたりを交《まじ》えた賊である。よしとしなければならなかったが、逃げたのが吉三郎であるのが気に入らなかった。いずれどこかで、また誰かを殺めることになるだろう。しかし、ここは追っている留松と福次郎に任せるしかなかった。

軍兵衛は新六を自身番に走らせ、医者と大八車を曳《ひ》いて来るように言い付けた。

「医者なら、そこに」新六が広庵を見た。

「こんな奴に手当をさせたら、生きてる者も死んじまうだろうが」

広庵が、背を丸め、項垂《うなだ》れた。

「大急ぎで行って参りやす」新六が、走り去った。

「遅いな」と加曾利がぽつりと言った。捕方のことを言っているのか、それとも留松の戻りが遅いと言っているのか。俄《にわか》には分からなかった。

「逃げられたかな」と、軍兵衛が言った。

「かもしれねえ……」加曾利が応《こた》えた。

間もなくして佐平が捕方を連れて駆け付けて来た。

その時になっても、留松と福次郎は戻って来なかった。

二

加曾利孫四郎が斬り殺した浪人を除《のぞ》き、赤頭の吉之助と吉次郎以下九名の者が、北町奉行所に引き立てられた。牢屋敷へ送り込むための入牢証文《じゆろう》の作成と取り調べのためである。

奉行所での拷問は禁じられていたが、与力・同心は咎人《とがにん》の身体に苦痛を与える方法を熟知していた。加曾利らの責めに、吉次郎と町田広庵が相次いで陥《お》ちた。

一味が押し込もうとしていた先が割れた。神田佐久間町の隠れ家から十一町（約一・二キロメートル）離れた芳泉寺《ほうせんじ》であった。浅草《あさくさ》を流れる新堀川《しんぼりがわ》の東岸にあり、大店からの預かり金を大名旗本に貸し付けるなどして巨利を得ていた。それをそっくり頂戴《ちようだい》しようとしたのであった。

そして、広庵がもうひとつの隠れ家を吐いた。

湯島《ゆしま》聖堂の北、湯島六丁目の甘茶茶屋が、それであった。板橋宿《いたばししゅく》を通り、中《なか》山道《せんどう》を行き交《か》う者に甘茶などを供する茶屋である。

吉三郎が遠国へ逃げるとなれば、相応《そうおう》の仕度《したく》が必要となる。茶屋でそれを整える公算が大きい。

刻限は九ツ半（午前一時）を回っていたが、夜明けまで待つことは出来なかった。

常盤橋《ときわばし》御門の小扉を番士に開けてもらい、加曾利は留松と福次郎を連れて夜中の町を湯島へと走った。常盤橋御門の番士は、柳の間に詰める三万石以上の外様《とざま》大名家の家臣で、人数は四人。羽織袴を着し、日夜交替で警衛の任に当たっていた。

北へと向かった加曾利らは、竜閑橋《りゅうかんばし》から昌平橋《しょうへいばし》を渡り、湯島の聖堂へと出た。ここから湯島の一丁目、二丁目、三丁目と六丁目まで更《さら》に走らなければならない。

己らの立てる足音と息遣いだけが、寝静まった通りに響いた。間に合うのか。吉三郎は既に隠れ家を発《た》ってしまったのではないか。逸《はや》る心が、足を急がせた。

湯島六丁目の自身番の灯が見えた。暗い通りの向こうで、腰高障子《こしだか》がほんのりと明るんでいる。

「訊いて参りやす」留松が加曾利に言った。加曾利が夜の闇《やみ》に沈んでいる家々の戸口を見ながら頷いた。

「御免よ」留松が、障子戸を開いた。突然の来訪を受け、自身番に詰めていた当番の大家《おおや》と店番《たなばん》が飛び上がって驚いた。

「御用の筋だ。教えてくれねえか」留松が身体を半身に開いて、加曾利の姿を見せた。同心が一緒であると知り、大家と店番が居住まいを正した。

茶屋の場所は直ぐに分かった。それでも間違いがあってはならないから、と店番が案内に立ち、大家も提灯持ちとして員数に加わった。

「こちらでございます」

閉てられた雨戸の向こうに人の気配はなかった。既に吉三郎は立ち寄った後なのだろうか。考えていても始まらなかった。

加曾利は、表の見張りを大家と店番に任せ、留松と福次郎とともに裏に回った。三人が提灯を手に、裏戸を蹴破り、茶屋に躍り込んだ。台所の床板がはがされ、空っぽの瓶《かめ》が剝《む》き出しになっていた。恐らく、路銀が隠されていたのだろ

いた。

留松が唇を嚙み締めている。福次郎は、ちろちろと燃える蠟燭《ろうそく》の火を見詰めて

加會利が呟いた。

「逃げられたか……」

う。

——気にするな。

という千吉の声が、どこからか聞こえて来た。

——おめえだって、逃がしたくて逃がした訳じゃねえんだ。

吉三郎の足音を頼りに必死で追った。だが、相手の姿は闇に紛《まぎ》れて消えてい

た。途方に暮れ、四つ辻《つじ》に立ち尽くしていた時、探しに来てくれた千吉が福次郎

に言った言葉だった。

同じ言葉を加會利からも受けた。

——旦那もあのように仰しゃって下さったんだ。この次はしくじらねえようにす

るこったな。

留松は、そう言って肩を叩いてくれた。足許が涙で滲《にじ》んだ。

明けて十一月四日。

留松と福次郎は、吉三郎が逃げた先を調べるため、ふたつの隠れ家を中心に走り回った。加會利は、吉之助らを小伝馬町《こでんまちょう》の牢屋敷に送り込む前に、厳しく問い質《ただ》した。

吉之助と吉次郎の兄弟を始めとして、それぞれの者が思い付く限りの土地を吐いた。信濃《しなの》と越中《えっちゅう》であった。だが、捕方を率いて行くにはあまりに遠い土地である。町奉行の名で、急ぎ書状を認《したた》め、ところの領主や代官に捕縛を依頼するしかない。それが御定法《ごじょうほう》であった。

間に合わねえ。

吉三郎の高笑いが聞こえて来るような気がした。

「済いやせんでした、親分」

昨夜から何度口にしただろうか。福次郎は頭を下げ、留松と別れた。疲れた。一日中、歩いていたのである。足が棒のようだった。

だが、真っ直ぐ塒に戻る気にはなれなかった。塒に程近い大川端町《おおかわばたちょう》の煮売り酒屋《り八《はち》》の縄暖簾《なわのれん》を潜《くぐ》った。《り八》は、半年前寄る年波で店を閉めようとしていた煮売り酒屋を居抜きで買い取り、己の名を屋号に付けて商いを始めたばかりの店だった。福次郎は二度程立ち寄ったことがあった。

五ツ半（午後九時）の鐘が鳴った。《り八》の酌婦《しやくふ》・光《みつ》は、酔いで甘く緩《ゆる》んだ身体を持て余していた。

立て込んでいた客も、気付いてみれば、残っているのはひとりきりだった。その客が半刻近く前に来た時のことは覚えているが、他の酔客の相手をしているうちに帰ったものと思っていた。

まだいたのかい……。

光は簪《かんざし》の先で頭を二度、三度と掻《か》いた。その客が帰れば、刻限からして店仕舞いになるはずである。

何をぐずぐず飲んでいるんだい……。

光は、あからさまに客の様子を窺《うかが》った。

男は背を丸め、うずくまるようにして飲んでいた。暗い酒だった。何かしくじったのだろうか、その思い詰めたような姿が、不意に光の胸を打った。

堅気《かたぎ》のお店者には見えなかった。かと言って、八九三者《やくざもの》にも見えなかった。八九三者なら見飽きていた。においで分かった。男から漂《ただよ》って来るのは、何かを堪《こら》えている悲しみだった。

光は内暖簾を潜って台所に入ると、酒をつけるよう主の利八《りはち》に頼んだ。

「まだ飲むのかい？」

利八が訊いた。

「お客だよ」

「そうかい」

利八が黄色い歯を覗《のぞ》かせた。銚釐《ちろり》を手にして、光が男に声を掛けた。

「兄さん」

男が顔を上げた。目の縁《ふち》が赤かった。よく見ると若い。十年前のあたしくらいだ、と光は思った。

「お酒。これは、あたしの奢《おご》り」

男が戸惑っている。

「燗《かん》をつけちゃったから、飲んでおくれな」

「済まねえな……」

男が僅《わず》かに頭を下げて受け取った。擦れてなさそうなところが、光には嬉しかった。

男はひとりで飲んでいたが、ふと振り向くと、姐《ねえ》さん、と言った。

「もしよかったら、飲まねえかい」

「いいのかい」

「駄目なものなら誘わねえよ。それに、元は姐さんの酒だぜ」

「そんな元も子もない言い方、するもんじゃないよ」

「違《ちげ》えねえ。俺が悪かった」

頭を下げている男を残し、光は杯を取って来た。男がふたりの杯に銚釐の酒を注いだ。男は呷《あお》るようにして飲み干した。

「冬は、好きかい」光が訊いた。

男が、銚釐に伸ばした手を止め、首を横に振り、姐さんは、と訊いた。

「あたしは、好きかな」

「寒いだろうが」

「でも、酒がおいしいもの」

男が笑った。

「ようやく笑った……」

男がくすぐったそうな顔をしてから言った。

「俺は福次郎。姐さんは？」

「……光」

「みつ？」

「おっかさんが言うには、生まれた時にさっと光が射《さ》したんだってさ」

「そいつは」いいや、と言おうとして、福次郎は言葉を切った。

「何て言おうとしたんだい？」

「いい名だって言おうと思ったんだが、気恥ずかしくて……」

「ありがとう」

「いや……」

福次郎は杯を呷ると、銚釐を手に取った。

「これ一本で帰るから、付き合ってくんねえか」

「あいよ」

通りを走って来た犬が立ち止まり、くしゃみをして、胴震いをした。

光が目だけで笑った。

三

十一月五日。

北町奉行所定廻《じょうまわ》り同心・小宮山仙十郎《こみやませんじゅうろう》は、岡っ引・神田八軒町《はちけんちょう》の銀次《ぎんじ》、下っ引の義吉《よしきち》と忠太《ちゅうた》、それに中間《ちゅうげん》ひとりを伴って、市中の見回りに出ていた。

仙十郎の受け持ちは、三月《みつき》前から四ッ谷《よつや》周辺となった。この区域は、紀州徳《きしゅうとく》川《がわ》家と尾州《びしゅう》徳川家の広大な上屋敷を南北に、西に内藤新宿《ないとうしんじゅく》を配した一帯であり、南に位置する鮫ケ橋《さめがはし》は夜鷹の巣窟《そうくつ》として市中に聞こえた悪所であった。仙十郎らは、区域内の自身番を順次巡り、訴えを聞き、案件を素早く処理しなければならなかった。

この日——。

中御箪笥町《なかおたんすまち》から麴町《こうじまち》十三丁目へ折れようとしていた仙十郎に、銀次が囁《ささや》き掛けた。

「旦那」

銀次が何を言いたいのか、仙十郎には分かっていた。仙十郎に気付き、物陰に隠れた者がいたのだ。

「俺も見た。戻るぞ」

「へい」銀次が、前を行く義吉と忠太を小声で呼び止めた。

「何か」

「今、旦那のお姿を見て、隠れた奴がいただろう?」

「………」気付いていない。

「誰だか分からねえが、後ろ暗《ぐれ》えところのある奴に違《ちげ》えねえ。教えるから後を尾《つ》けろ」

「弁慶縞《べんけいじま》の遊冶郎《ゆうやろう》風体の者だ」仙十郎が言った。「どの辺りに住んでいるか分かったら、後は自身番で訊いてみろ」

銀次が角口から通りを見渡し、弁慶縞の主《ぬし》を義吉に教えた。

「承知いたしやした」

ひとり義吉が見回りから離れ、男の後を尾けた。

男は中御箪笥町を東に行き、大横町《おおよこちょう》の通りを越え、伝《てん》馬町《まちょう》一丁目に入ったところで足を止めた。腰を折り、慌てて太った男に頭を下げている。

誰でい?

太った男が歯を覗かせ、弁慶縞の肩を叩いた。その横柄《おうへい》な態度で、土地の岡っ引・四ッ谷の為蔵《ためぞう》と知れた。

義吉は素早く通りに出、為蔵に近付いた。

「四ッ谷の親分、お久し振りで。神田八軒町の銀次ンところの義吉でございやす」

「おっ、どうしたい？　見回りの途中じゃねえのかい？」

縄張りうちを見回る定廻りとその手先の顔触れは、岡っ引である以上、熟知していた。答える代わりに尋ねた。

「今、親分に挨拶《あいさつ》をしていた男でございやすが、ご存じなんで？」

為蔵は一瞬言い淀《よど》み掛けたが、頷いた。

「知ってるが、どうしたい？」

「大したことではねえんでやすが、うちの親分が面《つら》が気に入らねえと言い出したもので」

為蔵は義吉の嘘《うそ》を見抜いたようだったが、噯《おくび》にも出さずに答えた。

「奴は富助《とみすけ》と言っててな。八幡町《はちまんちょう》の《亀《かめ》の子《こ》長屋》に住んでいる。大名家の下屋敷の賭場《とば》に出入りしている三下《さんした》だ」

八幡町の名は、市ヶ谷《いちがや》八幡宮の門前町であることに由来する。市ヶ谷八幡宮は太田道灌《おおたどうかん》が勧請《かんじよう》した古社で、鎌倉《かまくら》の鶴ヶ岡《つるがおか》八幡宮に対し、亀ヶ岡《かめがおか》八幡宮と称された。

《亀の子長屋》は、門前町にある古い長屋で、水茶屋で働く女が住まうから、と若い男に人気があった。

義吉は礼を言い、急いで見回りを続けている仙十郎の後を追った。

程無くして、鮫ヶ橋に通じる天王《てんのう》横町を南に向かっていた一行に追い付いた。

「早かったじゃねえか」銀次が驚いたようにして言った。

「へい」義吉は、男が為蔵に挨拶をしたところからのことを手短に話した。

「そういうことかい」銀次が頷いて見せた。

賭場に出入りしていれば、八丁堀《はっちょうぼり》の姿を見れば隠れたくなるかもしれなかった。

「八幡町と言ったな？」仙十郎が訊いた。「帰りにでも、自身番に呼び出して訊いてみるか」

四ッ谷御門を通っても、市ヶ谷御門を抜けても、奉行所に戻るまでの距離に大した違いはなかった。

「何か、ご不審なことでも？」銀次が尋ねた。

「上手《うま》く言えねえんだが、どこか解《げ》せねえもんがあるんだ。悪いが、付き合ってもらうぜ」

「何を仰しゃいます。喜んでお供させていただきやす」

銀次に倣《なら》って義吉と忠太が頭を下げた。


奉行所を出、見回りを始めて三刻（六時間）が経っている。そろそろ八ツ半（午後三時）になろうとしていた。

「頼むぜ」仙十郎が八幡町の自身番を目の前にして言った。

「承知いたしやした。野郎、すんなりと戻っていてくれるとよろしいのですが」

銀次が義吉と忠太を連れて《亀の子長屋》に向かった。

その後ろ姿を見送ると仙十郎は、一声「番！」と呼び掛けてから、自身番の腰高障子を開けた。

火鉢に当たりながら、のんびりと茶を飲んでいた大家と店番が、慌てて湯飲みを置いて頭を下げた。

自身番に詰めている者は、借家を所有している家主《いえぬし》と、町内の者が交替で務める店番、それと町で雇った番人であったが、家主《いえぬし》は己の借家《や》を差配させている家主《ぬし》、別名大家に代行させることが多かった。

「あの、手前どもに何か……」大家が恐る恐る口を開いた。

「そうじゃねえ。ちょいとここを使わせてもらおうと寄ったまでだ。何、大したことじゃねえ」

「左様でございますか」

店番が淹《い》れた茶を大家が差し出した。

「ありがてえ。咽喉《のど》が渇《かわ》いていたんだ」

「それはよろしゅうございました……」

大家と店番が顔を見合わせ、定廻りの立ち寄りが己らとは関《かか》わりのないことだと知り、安堵《あんど》している。

「あの……」

「何だ?」

「菓子などございますが、いかがでございましょうか」

「気にしねえでくれ」

「なかなかに美味《おい》しいものなのでございますが」

大家が、町内にある菓子舗《笹和泉《ささいずみ》》からの差し入れなのだ、と言った。

「［十六夜饅頭《いざよいまんじゆう》］と言いまして、こし餡《あん》を薄皮で包み、ほんのりと焼き色を付けたものでございますが」

断っていると、いつまでも勧められそうなので、食べることにした。茶が淹れ代えられ、饅頭に添えられた。

美味《うま》そうな饅頭だった。ほんのりとした焼き色が、ためらいがちに昇って来る十六夜の月の風情《ふぜい》を表わしていた。

半分齧《かじ》り、改めて残りを口の中に押し込んだ。甘味が歩き疲れた身体に心地よかった。

「美味いな」

「そうでございましょう」

大家と店番が、もうひとつ、と言い掛けた時、自身番の白洲を踏む足音がした。

「銀次でございやす」

仙十郎が応えるよりも早く、店番が心得顔に腰高障子を開けた。

銀次と義吉、忠太が男を囲むようにして立っていた。男の着ている弁慶縞には、覚えがあった。物陰に隠れた男が着ていたものに間違いない。

仙十郎は、大家と店番に外に出るように命じ、代わって銀次と富助に上がるように言った。

「義吉と忠太は、誰も来ねえように見張っていてくれ」

閉じられる障子を恨《うら》めしそうに見ていた富助に、仙十郎が隠れた訳を尋ねた。

その答えに、仙十郎と銀次の顔色が変わった。

四

小宮山仙十郎が北町奉行所に帰り着いたのは、七ツ半（午後五時）になろうかという刻限だった。

玄関に出迎えに現われた定廻りの筆頭同心・岩田巌右衛門《いわたがんえもん》が、「島村《しまむら》様がお待ちだ」と告げて、先に立った。

年番方与力・島村恭介《きようすけ》は、最古参の与力で同心支配役である。年番方与力という役職は、与力として望み得《う》る最高の地位であった。

「其の方が先に送って寄越した手の者の話をお伝えしたところ、早速例繰方《れいくりかた》と臨時廻りを呼び集めておられたぞ」

　義吉を八幡町の自身番から奉行所まで走らせ、島村に己の帰りを待っていてくれるよう頼んであった。

「労を惜しまず、よう八幡町まで足を延ばしたな」

　岩田は、見事だ、と言い置いて、定廻りの詰所に折れた。その足許が微《かす》かにふらついていた。しかし、仙十郎には、それを気に留める心の余裕はなかった。年番方与力の詰所へと足を急がせた。

　挨拶をする間もなく、近くに寄るように言われ、仙十郎は膝《ひざ》を進めた。

　島村恭介の他に、臨時廻り同心の鷲津軍兵衛と加曾利孫四郎、それに例繰方同心の宮脇信左衛門《みやわきしんざえもん》が車座になっていた。

「おおよその話は岩田から聞いた。火伏せの長五郎《ちょうごろう》の名が出たのは実《まこと》なのだな？」

「相違ございません」

「詳しく話してくれ」島村が言った。

　富助を八幡町の自身番に呼び出したところまでを話し、息を継いでいる仙十郎に、島村が先を話すよう促した。

「富助が出入りしていた賭場は、市ヶ谷谷町《たにまち》の南辺りにある大名家の下屋敷でございました……」

板倉淡路守《いたくらあわじのかみ》、森川丹後守《もりかわたんごのかみ》、伊東出羽守《いとうでわのかみ》などの下屋敷が並んでいた。富助は、それらの賭場を気分でぐるぐると回っていたのだった。

「そして、先月の晦日《みそか》……」

「板倉様の賭場で、聞いたのだな？」

「はい。『間もなくお頭《かしら》が江戸に来るぞ』『火伏せのお頭が、ですかい』『馬鹿、その名を口にするな』。話を聞かれなかったか、とふたりして凝《じ》っと周りの様子を窺っているのを見て、怖くなり、息を止めて蹲《うずくま》っていた、と申しておりました」

「火伏せの長五郎に間違いありませんね」宮脇が、合点《がてん》した。

「で、話していたふたりだが」

「万治《まんじ》という年の頃は三十くらいの、色の生っ白《ちろ》い男と、相手はこれまでに賭場で見掛けたことのない四十絡《がら》みの男だったそうです」

「万治は、何をしている者なのだ？」

「富助は、そこまでは知りませんでしたが、どうやら小遣い銭には困っていない者のようでございます」

「しばしば賭場に来るのか」

「五、六日に一度くらい現われて、大勝ちもしなければ大負けもせずに、適当に楽しんで帰る、と申しておりました」

「万治は、板倉様以外の賭場にも出入りしているのか」

「森川様と伊東様の賭場では見掛けたことはなかったということです」

「ならば、板倉様の下屋敷を見張ればよいのだな」

「問題がひとつございます。板倉様の下屋敷の大門は辻番所から一町（約百九メートル）程離れておりますので、出入りする者を見張るのは難しいかと」

辻番所は、武家地の辻に設置された番所のことだった。一町も離れていたのでは、風体は確かめられても、人相までは分からない。

「中に送り込むしかないか」

「とは言え、突然新顔が出入りしたのでは怪しまれるのでは……」

「正体を見破られたら、腸《はらわた》を抉《えぐ》られるか、簀《す》巻《ま》きにされて大川《おおかわ》に捨てられるか、いずれかだからな」加曾利が言った。

「軍兵衛、誰か心当たりの者はおらぬか」島村が訊いた。

「なくはございません。板倉様の賭場に潜《もぐ》り込めるか訊いてみましょう」

「頼むぞ」

「あいつ、か」加曾利が訊いた。

「知っておるのか」島村が加曾利に問うた。

『風刃の舞』の一件の時、阿波鳴門《あわなると》十八万石永山《ながやま》家下屋敷の賭場に下っ引を送り込んだことがあった。その下っ引が潜り込めるよう、ひとりの中間を使っていた。その者のことではないか、と加曾利が話している。

「相変わらず鼻の利く奴だな」

中間は腰物《こしもの》奉行配下の腰物方・妹尾《せのお》家の者で源三《げんぞう》と言った。腰物方は将軍の佩《はい》刀《とう》など刀剣の管理をするのが御役目であり、妹尾家の家禄は二百六十石であった。

当主の周次郎《しゆうじろう》は、軍兵衛とは前髪の頃からの付き合いになる。役目柄剣技や刀剣について詳しく、軍兵衛は何度か立ち合いの助言をもらっていた。

あの中間だ、と軍兵衛が言った。

「その者の返答次第で方策は変わるかもしれぬが、それはそれとして、火伏せについて聞いておこう」

島村が宮脇信左衛門に話すように促した。

「はっ」宮脇が脇に置いていたお調書《しらべがき》を膝の前に回した。「今、火伏せの長五郎と名乗っているのは二代目で……」

初代は京大坂を中心に大店を狙う夜盗で、金は盗む、しかし血は一滴も流さないという性根の据わった男でした。初代が名を知られるようになったのは、押し入った先で火が出たのを迅速に消し去って逃げてからです。その振舞いから火伏せの二《ふた》つ名を辻売りが付けたようです。

十一年前、初代が病を得て退き、右腕と言われていた者が二代目を継いだのですが、これが先代とは違い、血が流れることを厭《いと》わないという男で、ために一味がふたつに割れた、と当時京都所司代から送られて来たお調書にございました。

「二代目率いる一味は、京大坂に見切りを付け、東海道《とうかいどう》筋を下って来たようで」

十年前には関宿《せきじゆく》の宿外れにある寺を、八年前には岡崎《おかざき》宿の味噌《みそ》問屋を襲い、六年前には小田原《おだわら》に現われ、料理茶屋を血の海に染めております。それから鳴りをひそめていたのですが、三年前に駿府《すんぷ》の御城下で、銘茶問屋に押し入っております。

「それらはすべて火伏せの仕業《しわざ》に相違ないのだな?」

「関宿の一件の時は、納屋で寝起きしていた寺男が物音で飛び起き、殺戮《さつりく》の一部始終《しじゅう》を隠れて見ておりました。子分の者が『火伏せのお頭に目を付けられたが運の尽きよ』と叫んでいたのを聞いたそうです」

岡崎の時は、引き込みの女を使ったようで、押し込みの後、その女がいなくなったことが調べに残っております。それによりますと、深傷《ふかで》を負ったものの運よく生き残った者が、火伏せの子分として先代の時から加わっている貞七《さだしち》の名を聞いた、とのことでした。

「また、小田原の時には、引き込みの女は使わず、強引に押し込んだのですが、思ったような金を得られなかったのに苛立《いらだ》ったのか、主夫婦を始め雇い人を滅多《めった》刺しにしております。この一件が火伏せの仕業だと判明したのは、金蔵を覗いた盗賊が、蓄《たくわ》え金の少なさに『これじゃあ火伏せの名が泣くぜ』と漏らした一言からでした」

「その言葉を聞いていた者は？」島村が尋ねた。

「手当ての甲斐《かい》なく事切れた、ということです」宮脇は答えると、続けた。

「それよりも重要なのは、駿府御城下の一件で、ここで一味の者の名と人相が分かっております」

「どうして、そこから話さねえ」軍兵衛が思わず言った。

「かとも思いましたが、やはり何事も順序というものがあるかと……」

「よい。構わぬ。続けよ」島村が言った。

「小田原の一件で闇雲《やみくも》に押し入ったのでは大金を得られないと思ったのか、女賊《おんなぞく》を使い、下働きとしてお店に潜り込ませ、大金の動く日に押し入ったのです。しかし、隣家の者が異変に気付き、駿府町奉行所《まちぶぎようしよ》の同心宅に駆け込んだため、捕方の手が回り、女賊と子分ふたりが捕縛されました。長五郎に貞七、その他三人には逃げられましたが、捕えた者どもから各地の隠れ家を聞き出し、留守の者を捕えたそうでございます。その者どもや、お店で一味の顔を見た者を集めて、似《に》せ絵《え》を作っております」

　これでございます。宮脇は、勝ち誇ったかのように、片頰《ほお》に笑みを浮かべて、お調書の間から五枚の似絵を取り出して並べた。

　頭の長五郎、その片腕の貞七。それに子分の半助《はんすけ》、巳ノ吉《みのきち》、作次《さくじ》の似絵であった。

「これは、三年前に駿府町奉行所が作ったものですので、今もこの者どもが徒党《ととう》を組んでいるのかは不明です。そのことをお含みおき下さい」

「でかしたぞ。あのお調書の山の中から、僅かの間に、よう見付け出した。ご苦労であった」

島村は宮脇の労をねぎらうと、似絵を指し、軍兵衛に問うた。

「この中にいると思うか」

軍兵衛は島村の問いには答えず、仙十郎に訊いた。

「明日にでも富助に会えるか」

「ここ暫《しばら》くは風邪を引いたことにして外出《そとで》をするな、と申し付けてありますので、長屋にいると思いますが」

「そうか」軍兵衛は、似絵に書き添えられている名や年格好を睨むように見ている。

「何か……」仙十郎が訊いた。

「二代目長五郎は四十八、九。貞七始め子分どもは、だいたい四十代なのだな……」

万治と話していた男は四十絡みであった。

「では、この中に？」

「いるかもしれんな。万治と会っていた男が」

軍兵衛は仙十郎に答えてから、島村を見た。

「軍兵衛、この一件、其の方がやるか」島村が言った。

「お待ち下さい」加曾利が膝を前に進めた。「ここは、私にお任せ願えませんでしょうか」

「賭場に送り込む中間を知っているのは軍兵衛であろう。ここは、軍兵衛に任せたいが」

「しかし……」

「どうしたのだ？　そんなに入れ込むとは、らしくもねえぞ」

「何を言うか。元服《げんぷく》のこともあり、何かと気忙しいだろうから、俺に任せろと言いたいのだ」

月が替わり、北町が非番になったら、年明けと同時に初出仕《しゅつし》させる竹之介《たけのすけ》の元服式を執り行なう予定を組んでいた。そのための準備を今月中に整えなければならなかった。

「御役目とは関係ない。要らぬ気遣いだ」

「加曾利の申し分、相分かった。ここは、中間の返答で決めたらよかろう。中間が板倉様の賭場に入れると言ったら軍兵衛、断ったら加曾利。それでどうだ？」

軍兵衛が答える前に、加曾利が礼を言った。

「明日、富助に会いに行くが、付いて来るか」

「明日は駄目だ」加曾利が苦り切った顔をして、島村と軍兵衛を見た。

「何だ？」島村が訊いた。

「何だ、では、ございません」加曾利が眉《まゆ》を吊り上げた。

毎年盆暮に三十両の付届《つけとどけ》をしてくれる木挽町《こびきちょう》一丁目の薬種砂糖問屋《島田屋《しまだや》》から奉行所に、内密の依頼が来ていた。その対応を島村から任されていたのが加曾利で、訪ねる日が明日だった。

「やはり、軍兵衛に分があるようだな」

島村が加曾利に告げている横で宮脇が、なくしたり、汚したり、破ったりしないように、とくどくど言いながら五枚の似絵を軍兵衛に手渡した。

「分かった」

軍兵衛は無造作《むぞうさ》に懐に捩《ね》じ込んだ。

五

翌十一月六日。

八幡町の自身番に出向いた軍兵衛は、千吉に命じて富助を呼び出し、似絵を広げた。

「万治と話していた相手が、この中にいるかいねえか、目ん玉ひん剝いてよく見てくれ」

「あんまり自信はないのですが……」

「それでも構わねえ。いたか」

「多分……」

富助が指さしたのは、貞七だった。

「四十絡みってだけではなく、何か特徴はなかったか。耳が三つあったとか」

富助は腕を組み、暫《しば》しの間考えていたが、力無く首を横に振った。

「そこまでは覚えちゃおりませんが、とても堅気には見えなかったことだけは確かでございます」

「それだけでも大助かりだ。礼を言うぜ」

「とんでもないことでございます」富助は、頭を上げるのを途中で止めると、上目遣いをして言った。「あの、これから、あっしはどうしたら？」

「風邪で寝込んでばかりもいられねえか」

「はい。干上がってしまいますので」

「出歩いても構わねえが、賭場には顔を出すな。顔見知りに会っても、俺たちのことは一言も漏らすな。話したと分かった時は、この一件の片が付くまで、どこかに入っていてもらうからな」

「話しません。金輪際《こんりんざい》話すものではございません」

「ならば、帰ってもいいぜ」

富助が、転がるようにして自身番から出て行った。

「旦那、これからどうしやす？」千吉が訊いた。

鮫ヶ橋の妹尾周次郎の屋敷を訪ね、中間の源三を借り受けることを話した。

「また源三さんをお使いになられるので？」

「そう思ってな。だから、何も雁首揃えて行くこともあるまい」

佐平ひとりを伴い、神田川沿いに四ッ谷御門に出、寺社が軒《のき》を連《つら》ねる寺町を鮫ヶ橋に向かった。

妹尾周次郎の屋敷は、龍谷寺《りゅうこくじ》通りに入る手前にあり、石積の塀で知られていた。

門前に立ち、案内《あない》を乞《こ》うた。物見窓から顔馴染の家人《けにん》の顔が覗いた。家人は目礼すると、同役の者に何か言い、物見窓を閉めた。

　間もなくして長屋門が開いた。家人に付いて敷石を踏んでいると、水桶《みずおけ》を手にした老爺《ろうや》が植え込みの陰から現われた。中間の源三であった。源三の目が大きく広がり、旦那ァ、と口が動いた。軍兵衛と源三の経緯《いきさつ》を知っている家人は、ゆるりと先に立っている。

「元気そうだな」

「酒飲んで、これ」と壺《つぼ》を振る真似《まね》をし、「やってりゃあ、寝込んでいる暇なんぞありゃしませんですよ」

　言いながら、佐平に片手を上げて、挨拶をしている。

「後で呼ぶかもしれねえからな。分かるところにいるんだぜ」

　軍兵衛は源三に言うと、佐平に門の脇で待つように命じ、家人の後から玄関に向かった。

「また、御用の手伝いかい？」

　源三が佐平に訊いている。さあ、と佐平が惚《とぼ》けている。

　軍兵衛が玄関に入るのと同時に、奥から別の家人が静かな足取りで出て来た。入れ替わるようにして門から案内して来た家人が戻って行く。

（走れ）

と叫びたかったが、家屋敷の中は勿論、江戸市中で走っている侍は八丁堀と浪人くらいで、武士は主家の一大事以外は走らないよう躾《しつ》けられている。

奥から出て来た家人が、上がるように言った。

軍兵衛は下げ緒を解き、刀を手渡すと、家人に背を向け雪駄《せった》を脱いで式台に上がった。板の冷たさが、歩いて熱を帯びた足裏に心地よかった。

廊下をふたつ曲がり、奥の間に通された。

着座した軍兵衛の背後に、家人が預かっていた刀を置き、座敷を出た。入れ違うようにして妹尾周次郎が、また誰ぞと立ち合うのか、と言いながら床《とこ》の間を背にして座った。

「もう立ち合った」

「手強かったのか」

「危ういところだった」

軍兵衛は、三日前の赤鞘の浪人との立ち合いを話した。

誘うように、浪人の切っ先が下がる。打ち込んだ軍兵衛の剣を弾き上げ、瞬《まばた》く間もなく斬り下ろして来る。

「腕を斬られるところだった」

「どうやって勝ったのだ？」

浪人の足許に倒れ込み、足を薙ぎ払ってくれたのだ、と軍兵衛が言った。

「喧嘩《けんか》剣法ではないか。情けないのお」

「まだ斬られる訳にはいかぬからな」

「そんなことを言いに来たのか」周次郎が笑った。「暇な奴だな」

「そうではない。倅《せがれ》のことだ」

来月元服させるのだ、と言った。

「年が明けたら、出仕させようと思ってな」

「もうそんな歳か」

「十二だが、一月に生まれたので実質十三のようなものだ」

「俺が元服したのは十四だったぞ」周次郎が言った。

「俺は十二だ」軍兵衛が言った。

「で、俺に何をさせたい？」

「周の字をもらい、通り名を周一郎にしたいと思っているのだが、どうだ？」

「鷲津周一郎……。よいではないか」

「ありがたい。礼を言うぞ」

「礼は、まだ早い。周の字を許すのは、竹之介に会ってからだ。一字を遣るに相応《ふさわ》しいか否か、見定めたい。都合がよければ、そうよな、この十一日にでも訪ねて来るように言ってくれ」

「分かった。文句はねえ」

廊下を摺《す》り足が近付いて来た。男の足音ではない。軽い。裾も引いている。茶が来たのだ。

行儀見習いに上がったばかりなのだろう。胸高に締めた丸帯が、初々《ういうい》しい。茶を置くと、ぎこちなく礼をして戻って行った。立《た》て矢《や》に結んだ帯が、障子に大《お》仰《ぎょう》な影を写している。

「実は、もうひとつ頼みがあるのだ」軍兵衛は茶を一口飲んでから言った。

「こちらは構わない。使ってくれ」

「頼みが何だか分かるのか」

「源三を貸してくれ、と顔に書いてある」周次郎が湯飲みで軍兵衛を指した。

「恐れ入ったな。源三に頼みを受ける気があるかどうか、訊きたいのだが」

「酒と博打は絡んでいるのか」

「そんなところだ」

「断る訳があるまい」

周次郎は家人を呼ぶと、源三を庭に回すように言い付けた。

程無くして源三が庭に姿を現わした。軍兵衛は板廊下の端に行き、手招きした。源三がするすると寄った。

「御殿様の許しはもらった。また賭場に佐平を連れて行ってもらいたいんだが？」

「お任せ下さい、と言いたいのでございますが、どこの賭場でございましょう？」

「市ヶ谷の板倉様の下屋敷だが、行ったことは？」

「このところ身綺麗《みぎれい》にしておりますんで、一度も」源三が首を横に振った。

「するってえと、入るのは難しいか」

「何を仰しゃいます。あちこちの賭場に顔出して、にょろにょろと遊んでいたのは伊達《だて》じゃございません」

そうだ、と言って源三が顔を振り上げた。

「《木菟入《ずくにゅう》酒屋》でございますよ」

鮫ヶ橋谷町にある煮売り酒屋だった。木菟入は、僧侶や坊主を罵《ののし》って言う言葉だが、商いを始めた頃は客筋の多くが寺に出入りの者だったので、誰言うとなく付いた名だった。

「甚八《じんぱち》を、覚えていらっしゃいますか」

阿波鳴門永山家の中間で、下屋敷の賭場を仕切っている男だった。《木菟入酒屋》で知り合った甚八の顔で、賭場に佐平を送り込むことが出来たのだった。

「あの連中に訊けば大概《たいがい》の賭場のことは分かりますし、なあに甚八が駄目でも、誰か気の利いたのに遊べるよう手を回しますんで、いつまでに返事をさせていただけば？」

「早い方がいい」

「分かりました。今直ぐ動きましょう」

「佐平を残しておくから、首尾《しゅび》を伝えてくれ」

「承知いたしました」

軍兵衛は懐から小粒を取り出し、源三の掌《てのひら》に握らせた。

「少ないが軍資金だ」

源三は拝《おが》むようにして受け取ると、周次郎に頭を下げ、跳ねるようにして庭から飛び出して行った。

翌朝、千吉とともに組屋敷に現われた佐平が、源三の言葉を軍兵衛に伝えた。

「甚八が板倉様の下屋敷の賭場を仕切っている者とは昵懇《じっこん》であったので、渡りを付けに遊びに行ったそうでございます……」

「首尾は？」軍兵衛が、せっかちに訊いた。

「いつでも賭場へ出入り出来る、とのことでございやした」

「ならば、今日から行って見張れ。千吉と新六は辻番所に詰めるんだ。話は付けられるな？」

辻番所は、板倉家と隣り合う森川丹後守の屋敷と御先手《おさきて》組の組屋敷に通じる通りがぶつかる丁字路の正面にあった。そこから一町先に板倉家の大門が見える。辻番所に詰めているのは、森川家から辻番の役目を託された町屋の者である。

「勿論《もちろん》でございます」千吉が腕をたくし上げた。

第二章　丑紅《うしべに》

一

十一月七日。

下《した》っ引《぀き》の佐平が、中間《ちゅうげん》・源三の首尾《しゅび》を、八丁堀の組屋敷にいる軍兵衛に伝えている頃――。

留松の下っ引・福次郎は、寝床の中にいた。病ではない。することがなかったのだ。加曾利孫四郎が木挽町の薬種砂糖問屋《島田屋》から頼まれた一件は、《島田屋》の娘と大名家の勤番侍《きんばんざむらい》の色恋沙汰《ざた》で、何やら大分外聞《がいぶん》を憚《はばか》る事情があるようだった。知っている人間は少なければ少ない程良い、と《島田屋》に泣き付かれ、加曾利は止《や》むなく福次郎を外すことにした。親分の留松が顔を出すことすら《島田屋》は難色を示したが、加曾利はそれでは動きが取れねえ、と突っ撥《ぱ》ねたのだ。

留松は加曾利の供をして、《島田屋》に詰めている。片が付いたらお前にも話してやるから、ここは我慢してくれ、と留松に言われ、悔し涙を浮かべたのだが、一件が解決するまでは勝手気儘《きまま》と思えば、小遣いはたっぷりともらったし、涙なぞ見せることはなかったのだ、と思い直した福次郎ではあった。しかし、とにかく暇であった。

留松の子分になってからは、同じ町内にある実家の煮売り屋を出て、長屋に住んでいるので、飯の仕度《したく》をするか、外で食うかしなければならなかった。

面倒なので、湯冷ましでも飲んでおこうかとも思ったが、いい加減腹は減っていた。福次郎は意を決して掻巻《かいまき》を撥《は》ね除《の》けた。

井戸端に行き、顔を洗い、歯を磨き、長屋を飛び出した。

風は珍しく凪《な》いでいた。

ありがてえ。お天道《てんと》様を見上げてから、背を丸め、雪駄《せった》で地を蹴《け》った。

親分のかみさんがやっている霊岸島浜町の一膳飯屋に行ってもよかったが、何となく気が進まなかった。

さて、どこで食うか。迷っている福次郎の脇を数人の子供が駆け抜けて行った。

見送った瞬間、今日がこの先の東湊町《ひがしみなとちょう》にある円覚寺《えんがくじ》の縁日であることに気が付いた。円覚寺の縁日は毎月七日と十一日で、翌八日と十二日はお参りを見合わせるのが決まりとなっていた。

何か屋台が出ているかもしれない。行ってみることにした。新川《しんかわ》を渡り、松平越前守《まつだいらえちぜんのかみ》の中屋敷沿いに開かず門通りへと出た。

思った通りだった。小腹を減らした者相手の屋台や茶店が出ていた。

女が歩いて来た。屋台の品を眺めるでもなく見ながら、手にした猫じゃらしの穂を小さく左右に振っている。

どこか崩れており、堅気《かたぎ》には見えなかった。女の目が屋台から逸《そ》れた。目が合った。煮売り酒屋《り八》の酌婦《しゃくふ》だった。

確か、名は……、お光さん、か。

女の眉間《みけん》に僅《わず》かに皺《しわ》が寄っている。思い出そうとしているのだろう。福次郎は一、二歩足を進め、膝《ひざ》に手を突いて名乗った。

「福次郎です。先日はご馳走《ちそう》になりました」

あっ、と女の口が開き、眉《まゆ》がなだらかになった。

「誰かと思ったじゃないの」女が、猫じゃらしの穂で福次郎の肩先をつんつんと叩《たた》いた。

「こんなところで油を売ってて、誰かに叱《しか》られないのかい？」

「そんなの、いるはずねえじゃねえですか」

「何をしてるのか、当ててみましょうか」女は、福次郎の周りをぐるりと回り、値踏みするように言った。「ぶらぶら病って訳じゃなさそうだけど、せっせと稼《かせ》いでる風でもないねえ」

「冗談じゃねえ。おれは遊冶郎《ゆうやろう》じゃねえよ」

「だったら、何をしてるのさ？」

御上の御用を預かっていると言いたかったが、親分ならともかく、下っ引では幅《はば》が利《き》かなかった。

「煮売り屋なんだ」福次郎は、家業を口にした。「親父とお袋が煮炊きしたのを、俺がお得意先に運ぶんだ」

「それで、今日は？」

「もう一仕事終わったところよ」

「本当かねえ？」女は、福次郎の着物に顔を寄せ、においを嗅《か》ぐような仕種《しぐさ》をした。

「それより腹が減っちまって。何か食わないか。此間《こないだ》のお返しに奢《おご》るぜ」

「いいよ」

「よかねえよ。あん時はしくじっちまって、落ち込んでいたところを姐《ねえ》さんに助けてもらったんだしよ」

「姐さんはよしとくれよ。年食ってるみたいじゃないか。食ってるんだけど」

「じゃ、お光《み》っちゃんだ」

「ちゃんって年でもないけどね」

「面倒だな。お光さんでいいか」

「手を打ちましょ」

「よし、何食うかな？」

「美味《おい》しいところがあるけど、行く？」

「何を食わせてくれるんだ？」

「行ってのお楽しみ」

光が先に立って歩き始めた。西北《いぬい》の方角だった。新川に架《か》かる一ノ橋を渡ると浜町に出る。まさか、親分の飯屋じゃねえだろうな。だが、光は一ノ橋を越えたところで左に折れた。先は富島町《とみしまちょう》。明和《めいわ》二年（一七六五）に埋め立てられて十一年、歩くと足許《あしもと》が揺れるところから蒟蒻島《こんにゃくじま》と呼ばれている一帯だった。その蒟蒻島を見渡す富島町の一丁目に飯屋があった。腰高障子《こしだかしょうじ》に《めし　こんにゃく》と書いてある。

光が腰高障子を引き開けた。朝餉《あさ》には遅く、昼餉《ひる》には早い刻限のせいか、客はいなかった。

光はさっさと小上がりに上がると、あたしには酒といつものね、七味はたっぷりよ、と台所の老人に言った。

老人は福次郎を見ると、何にします、と訊《き》いた。

「あいよ」

「何が美味《うま》いのかな？」

「あたしが決めてもいい？」

光は、福次郎の答を待たずに、飯と田楽《でんがく》と漬物を頼んだ。田楽は豆腐ではなく蒟蒻で、漬物は大根だった。福次郎が食べていると、光の酒と肴《さかな》が来た。皿に盛られていたのは、胡麻《ごま》油で炒《いた》めた蒟蒻を酒と味醂《みりん》と醤油《しょうゆ》で水気がなくなるまで煮詰めてから七味を掛けたものだった。

「これが美味しいの。食べてみて」

福次郎は箸《はし》を伸ばし、ひとつ飯の上に置いた。七味が飯を赤く染めた。食べた。咽喉《のど》が焼けた。飯の塊《かたまり》を頬張《ほおば》り、田楽の甘い味噌《みそ》を嘗《な》めた。

「だらしないわね。男のくせに」

「いや、お光さん、こいつは駄目だ。降参だ」

湯をもらいに立った福次郎を、光は笑って見送った。

腰が、裾《すそ》から覗《のぞ》いた足首がしなやかに動いている。若かった。若い男は知っていた。何年も前の話だった。

ふと、この若い男があたしに特別な心を持っているのかと思ったが、直《す》ぐに打ち消した。年が違った。

福次郎が湯を飲み干し、お代わりをもらっている。光は皿に落ちた七味を塗り直して、口に入れた。辛みが心地よく咽喉に広がった。

男か、と声には出さずに呟《つぶや》き、酒で流した。

この男が、万一踏み外して来たとしても、それはそれでどうとでもなるような気がした。男っ気がほしいなどとは思ってもいなかったが、何もないのもどこか味気無い。息苦しくなったら、江戸を離れればいいことだった。少なくとも男に溺《おぼ》れる己ではないことは、分かっていた。

「まだ舌がひりひりしてやがる」

戻って来た福次郎は、田楽と漬物で飯を搔《か》っ込んでいる。これが男の地なのだろう、と思った。

「ご馳走様。行くかい？」

福次郎が飯代を払っている。

飯屋を出た。風が少し出ていた。

「寒かねえか」

「七味のお蔭《かげ》でぽかぽかしてるよ」

「違《ちげ》えねえ」

蒟蒻島を西に見ながら北の方へと歩いた。どこからか鰻《うなぎ》を焼くにおいが漂《ただよ》って来た。

「そうだ」と福次郎が言った。「今日は丑《うし》の日じゃねえか。寒の丑も鰻って決まっているのによ。言ってくれればよかったのに」

鰻は四百文。贅沢品《ぜいたくひん》であった。

「言ってくれって、福次郎さん、煮売り屋さんじゃないのかい？」

「そうだ。運んでいて忘れちまってた」

福次郎が項《うなじ》に手を当てた。

「いいのよ、あたしは長いものが嫌いなんだから」

「また今度、何かご馳走させてくれねえかな」

「どうしてだい？」

「訳なんかねえんだが、もっと気の利いたものじゃねえとお返しにならねえしよ」

「気持ちだけ、受けとくよ」

「そうはいかねえよ。俺は助かったんだしよ」

福次郎は、光と向かい合いながら後ろ向きで歩いている。こんな歩き方をされたのは、もう随分昔のことになる。どこかにくすぐったさを感じた。

「もしよかったら、湊橋《みなとばし》の方に行ってみねえかい」

「出る前に酔ってる訳にもいかないし、今日はここで」

「だったら、後で飲みに行くから」

「お待ちしております」光が態《わざ》とらしく丁寧に頭を下げた。

右と左に分かれようとしたところで、福次郎が光を呼び止めた。

振り向いた光に、福次郎が空を指さしている。

手を翳《かざ》し目映《まばゆ》げに見上げた光の目に、竿《さお》の先に付けられた赤い旗が映った。丑《うし》紅《べに》の日を知らせる旗であった。この頃寒中の丑の日に紅を点《さ》すと、唇《くちびる》の荒れを防ぐなど薬になると言われていた。

「俺に買わせてくんな」

「いらないよ。もう紅を点す年でもないし」

「そんなこたあねえよ。待っているんだぜ」

福次郎は光を残して紅屋に入ると、紅を入れた紅猪口《べにちょく》を求めて来た。

「丑紅か、参っちまうよ。あたしじゃなくて、もっと若いのに買ってやればいいのにさ」

「お光さん、きっと似合うぜ」

「ばかだねえ」

そうだ、と福次郎が、思い出したように手を差し出した。

「おまけに、これをくれたぜ」

小さな素焼《すや》きの伏牛《ふせうし》だった。福次郎の手から光の手に移った。牛が光の掌《てのひら》で、ちんまりと伏せている。

「ありがとう」と光が言った。

「へへ」と福次郎が笑って言った。「一度、丑紅を買ってみたかったんだ。お袋って訳にはいかねえし、こっちこそありがとよ」

福次郎が、逃げるようにして走って行った。

光は暫《しばら》くの間遠ざかって行く後ろ姿を見送ってから、掌の牛をそっと握り締めた。

二

二日が経《た》ち、十一月九日となった。

北町奉行所年番方与力《ねんばんかたよりき》の詰所で、島村恭介と鷲津軍兵衛がぬるくなった茶を前に腕組みをしていた。

「なかなか現われぬの」

「まだ三日目でございます。五日、六日は必要かと」

「かもしれぬが、苛立《いらだ》つの」

「正直に申し上げますと、私も昨夜から苛々いたしております」

「軍兵衛、其の方、少し丸くなったか」

島村がぐいと顔を突き出して、軍兵衛を見た。以前は、そんな直ぐには胸の内を晒《さら》さなんだぞ。

「何を仰《おお》せられます。私は昔から素直なのが取り柄《とえ》ではありませんか」

「どんなに憎まれ口を叩こうが、一旦引き受けたからには加冠《かかん》の役を降りるなどとは言わぬゆえ、安心して正直に振舞え」

加冠の役は、元服《げんぷく》する者、すなわち冠者《かんじや》の髪を冠《かんむり》の中に引き入れる役目で、元服の式で一番重い役どころであった。軍兵衛は、竹之介を元服させると決めた時に、島村に頼み出ていた。

「賭場《とば》に一日中詰めている者、賭場からの知らせを受けるため、これまた一日中辻番所の隅にいる者のことを考えますと、軽々しくは振舞えません」

「その通りだが、気に入らんの」島村が首を横に振った。「以前の其の方なら、そんな殊勝《しゆしよう》な物言いはせなんだぞ」

「では、宮脇信左でも呼んでからかいますか。どうも近頃図に乗っており、目障《めざわ》りですから」

島村は軽く握った拳《こぶし》の中に咳《せき》をすると、忘れよ、と言った。

「儂《わし》の言ったこと、すべて忘れよ。よいな。其の方は其の方だ。殊勝であるはずがないわ」

よろしいですかな。

年番方与力の詰所の敷居際に男が立っていた。立ったまま見下ろすようにして、島村と軍兵衛を見ている。鼻の脇の皺が深い。内《うち》与力の三枝幹之進《さいぐさみきのしん》であった。

内与力とは、町奉行職に就任した大身旗本が、家臣の中から選んだ私設の秘書で、用人《ようにん》のような役割をした。私設の秘書であるから、他の与力らが、町奉行が代わろうと与力職にあるのに対し、主《あるじ》が町奉行職を降りると、自らも与力職を降り、元の家臣に戻ることになる。

「何か」と島村が、わざとらしく驚いて見せた。

「いや、大したことではないのですが、よろしいかな？」既に左足は敷居を越えていた。

軍兵衛は膝を送らせて、下座に回った。たとえ陪臣《ばいしん》であろうと、相手は与力である。身分が違った。

「大物を狙《ねら》っているということですが、その後如何《いかが》相なったかと思いまして」

「見張りを送り込んでまだ三日。何か起こるとしても、五日、六日は待たねば。そうであろう、軍兵衛」

「まさに」

軍兵衛は伸ばした背筋を重々しく前に傾けた。軍兵衛は、この三枝を苦手としていた。いや、嫌いと言った方がよいだろう。鼻の脇に出来る深い笑い皺を見ただけで、なぜか無闇《むやみ》と腹が立った。武家が絡《から》んだ事件が起こると、支配違いだから、と逃げ腰になるのも毛嫌いする理由のひとつだった。

「それはよかった」

三枝の言葉に、思わず島村と軍兵衛は目を合わせた。

「後学《こうがく》のために捕縛するところを見たいのだが、どうであろう？　此度《こたび》の一件に私も加えてもらえぬであろうか」

「加えるとは？」軍兵衛が訊いた。

「探索の邪魔はせぬ。側で見ているだけだ。それでも駄目か」

「悪《わる》を相手にする定廻《じょうまわ》りや私ども臨時廻《りんじまわ》りは、この務めに命を懸けております。そのような張り詰めたところに、ただ見ているだけとは言え、探索方ではない方を迎えたくは、ない……」

「軍兵衛！」

島村の声が飛んだ。軍兵衛は島村を制し、僅かに頭を下げると、と申す者もおるかとは存じますが、と続けた。

「内与力の職務にお就《つ》きになられた以上、捕物をご覧になりたいというお気持ちは十分過ぎる程分かります」

「それで？」三枝が訊いた。

「今はまだ事件が動いておりませぬゆえ、ここは暫《しば》しお待ちいただき、火伏せの一味が集まり、いよいよ、というところで加わっていただくというのはいかがでございましょうか」

「確《しか》と約したぞ」

「二言《にごん》はございません」軍兵衛が応じた。

邪魔をいたした。三枝は島村に言い置くと、詰所を出て行った。

足音が遠退《とおの》くのを待って、島村がよいのか、と訊いた。

「捕物の最中にいざこざがあっても困るでな」

「いざこざなど起こりようがございませぬゆえ、ご安心を」

「言い切れるのか」

「はい」

「其の方も年だな、ようやく我慢を覚えたか」うむ、と己の言葉に頷いていた島村が、どういう意味だ、と訊いた。「其の方、今起こりようがないと申したが？」

「捕物は常に緊急を要するものです。呼んでやりたくとも、とても呼びに行く暇などないかもしれぬではありませんか」

「呼ばぬつもりか」

「そうは申しておりませぬ。呼べぬ事態になるかもしれぬと言うたまでです」

「それで済むと思うてか」

三枝は御奉行の懐刀と言われている男だぞ。島村は首を捻《ひね》って見せると、こうは考えられぬのか、と切り出した。

「いずれ御奉行は御役を退かれ、いらっしゃらなくなる。あの者も、いなくなる。いる間くらいは適当に付き合えばよいではないか」

「私はこれまで、事ある毎《ごと》に三枝様を遠ざけ、近くにある時は、こいつは俺を嫌っているな、と分かるように振舞って参りました」

「確かに……」額《ひたい》に手を当てたまま、話せ、と島村が言った。

「そうだと知りながら、加わりたいと言う。私がどう出るか、楽しんでいるとしか思えません。呼ばずとも、何も起こらんでしょう」

「ここは、だとよいが……と言えばよいのか」島村が小さく笑った。

「恐らくは」軍兵衛も片頬を吊るようにして笑った。

「ちと訊くが、竹之介は其の方には似ておらなんだな？」

「どうでしょうか、今は似ていなくとも、年とともに似るのが親子ですから」

「目眩《めまい》がしそうだ」

島村が瞼《まぶた》を指先で押さえている。

「では、私は辻番所に行き、賭場の様子など訊いて参ります」

「分かった」

島村の声に被《かぶ》さるようにして、臨時廻りの詰所の方から怒鳴《どな》り声が聞こえて来た。

何やら悪態を吐《つ》いている。加曾利の声だった。大名家と大店の件が片付かず、間に入って苛立っているのだろう。

「あれは、加曾利か」

「さあ？　誰でございましょうか」誤魔化したが、声が分からぬ島村ではなかった。

「どいつもこいつも……」島村の口が微《かす》かに動いた。

はっきりと聞こえたが、軍兵衛は何も聞こえぬ振りをして、年番方与力の詰所を後にした。

三

十一月十日。

島村恭介が与力の出仕《しゆっし》の刻限である昼四ツ（午前十時）に合わせて組屋敷を出立した。

継裃《つぎがみしも》に白足袋《たび》を履き、槍持《やりもち》、草履取《ぞうりとり》、挟箱《はさみばこ》持、若党を従えて行く姿は、自信に満ち溢《あふ》れており、頼もしかった。

故押切玄七郎《おしきりげんしちろう》の娘・蕗《ふき》が、鷲津家から島村家へ行儀見習いとして預けられて十二か月が経《た》とうとしていた。やわらかな、日だまりの中に佇《たたず》んでいるような日々だった。

しかし時には、何かの拍子に、己が町奉行所の与力の屋敷で寝起きしていることが、夢のように思われた。

蕗は、俸禄《ほうろく》十二俵一人扶持《ぶち》、金子《きんす》に換算すると、年に約六両という黒鍬《くろくわ》の娘に生まれた。貧しかった。贅沢とは無縁の暮らしだった。蕗が十二歳の時、母の薬料のために殺しの請け人となった父が、軍兵衛との立ち合いの果てに、自刃にも似た死を迎え、母が後を追った。

二親《ふた》を相次いで亡くしたため、一旦は武州《ぶしゅう》忍《おし》に住む母方の伯父の許に引き取られた。だが、そこを逃げ出し、江戸に戻ったところを竹之介に見付け出され、以来島村の家に預けられている。

軍兵衛が島村が、そして黒鍬の組頭までもが父の裏の仕事を知ることになってしまったが、敢《あ》えて表沙汰《ざた》にせず、病死として闇に葬《ほうむ》ってくれた。

こうして島村の屋敷にいられるのも、皆のお蔭だった。

鷲津の家も島村の家も、己が竹之介の嫁《よめ》になることに何の障害も感じていないことが、蕗には不思議だった。父の玄七郎は殺しの請け人をしていたのだ。それは、隠しようのない事実だった。だから、と一度は自ら身を引いた蕗だったが、己がいることを両家始め皆が喜んでくれている。

このままで、よいのだろうか。

いつまでも、この幸せが続くのだろうか。

考えても蕗には分からなかった。蕗は高く青い空を見上げた。千切れ雲が、大きな雲を追い掛けている。

（追い付かないのだろうな……）

雲に気を取られ、蕗は奥様が近付いて来られるのに気付かなかった。名を呼ばれ、驚いて振り向いた蕗に、出掛けますよ、と奥様が仰《おっ》しゃった。供をなさい。

蕗は急いで部屋に戻り、帯を解くと、着物の裾をたくし上げ、帯に挟んで結び直した。

蕗と同様、行儀見習いのため御屋敷に上がっている八重《やえ》に手伝ってもらった。蕗と八重は交替で奥様の供をすることになっており、順番からすると八重が供をするところだったが、頭が重いから、と供の遠慮を申し出ていた。

蕗は奥様と中間小者とともに、組屋敷を出、北に向かった。行く先は分かっていた。小網町にある御煙管《キセル》所《吉見屋《よしみや》》であった。

旦那様は煙草《タバコ》をお吸いにはならなかったが、奥様は煙草が好物で、お座敷でぷかりとふかしていらっしゃるところなぞは、錦絵《にしきえ》になりそうな気がする。

今日は、《吉見屋》に頼んでおいた煙管が出来上がる日だった。届けるように申し付ければ、《吉見屋》の主が袱紗《ふくさ》に包んで捧《ささ》げ持って来るのだが、奥様もたまには外歩きをなさりたいのだろう。

新堀川に出た。鎧《よろい》の渡しに乗るのも、奥様のお好みだった。

寒さの厳しい時でも構わずお乗りになるのだが、この日は風もなく、渡しに乗るには上々の日和《ひより》であった。一時は、このまま寒さが募《つの》っていくかと思われたが、このところは寒気がゆるんでいた。

「鎧の渡しの名は、平将門《たいらのまさかど》がここで兜《かぶと》と鎧を脱いで置いたことに由来するのですよ」

とは、渡しに乗る度に奥様が口にされる話であった。

蕗も既に二度程聞いている。

煙管は出来ていた。銀の細工物で、奥様は頻《しき》りに掌に載せて重さを量り、大層満足そうに微笑《ほほえ》まれた。

それから京御菓子所《大橋屋《おおはしや》》で菓子を二箱求め、小網稲荷《いなり》に詣《もう》で、近くの茶屋で休むことになった。中間と小者に茶と団子を与え、蕗は奥様と奥の座敷に上がった。奥様は、早く煙管を使ってみたいのだろう。そう思うと、子供のようで可笑《おか》しかった。

座敷の障子窓から稲荷神社の境内《けいだい》が見渡せた。

仲居の後から、番頭が挨拶《あいさつ》に現われた。

「金鍔《きんつば》と汁粉《しるこ》を、それぞれに」

番頭が下がると、奥様は早速煙管を取り出し、煙草に火をお点《つ》けになった。深く一服吸い、目を閉じられた奥様の口から、煙がゆるゆると吐き出された。煙は濃い縞《しま》模様を作って漂っていたが、やがて座敷を横切り、障子の隙間《すきま》から流れ出て行った。

奥様は目を開けると、煙管を眺め回し、

「何と具合のよいこと」

うっとりとして言われた。

程無くして、頼んだ品が来た。

金鍔は、餡《あん》を溶いた小麦粉で包み、鉄板の上で焼いたものだが、ここのは溶いた小麦粉に卵と塩が入っており、それが甘さを引き立たせていた。汁粉も極上の砂糖を使った贅沢なもので、思わず笑みを浮かべてしまいそうな味だった。

「蕗は、美味しそうに食べますね」奥様が仰しゃった。

「本当に、美味しいのです」

母にも一度食べさせてあげたかった、と咽喉にまで出掛かった言葉を呑み込み、蕗は汁粉の椀《わん》を置いた。

「お代わりしても構いませんよ」

「ありがとうございます」

涙が出そうになるのを堪《こら》えて、蕗は頭を下げた。

奥様は再び煙草盆を引き寄せると、煙管に煙草を詰め、火をお点けになった。

「もうありましたか」

あまりにさりげない口調《くちょう》であったため、何の話をしているのか、蕗には直ぐには分からなかった。尋ねた。

「月のものです」

「……月」

島村の家に上がる前に、竹之介の母の栄《えい》から、女の身体の仕組みについて教えられていた。その時は恥ずかしがらずに、女子《おなご》なら誰にでもよいです、話すのですよ。

あのことだ……。

蕗は両の頬を掌で押さえながら、首を横に振った。

「そうですか。来月、鷲津方の跡取りが元服します。あなたも裳着《もぎ》をしなければならないのかと思いましたが、まだよいようですね」

裳着は女児の元服に当たった。初めて裳を着ける儀式で、裳とは腰から下に纏《まと》う服のことを言った。初潮を迎えた頃や夫になる者が決まった時などに行なわれることが多く、結婚前の儀礼のひとつであった。

「何かお腹の具合が変になったら、私かお八重に言うのですよ」

「あの、八重様は？」

「もう疾《と》うに」

八重は蕗よりふたつ年上だった。

「そうだったのですか」

それぞれにお部屋を賜《たまわ》っているせいか、八重のそれには気が付かなかった。己の迂闊《うかつ》さに、改めて驚き、恥ずかしくなった。

蕗は火照《ほて》った頬に風を当てようと立ち上がり、障子窓の脇に寄った。先程境内を見た時にはいなかった浪人者が、筵《むしろ》に座り、研《と》ぎ物をしていた。

煮染めたような手拭《てぬぐい》を被り、伸び放題の月代《さかやき》を隠している。浪人の手が止まった。研ぎ終えた包丁の刃を調べている。

浪人は包丁を筵の右隅に置くと、左側から鋏《はさみ》を手に取った。

どこかで浪人の動きを見ていたのか、十になるかならぬかくらいの少女が浪人に駆け寄ると包丁を取って、また駆け出した。

間もなくして戻って来ると、少女が浪人に手を差し出した。小銭を手渡している。研ぎ賃らしい。

蕗は少女の身形《みなり》に目を留めた。遠目にもはっきりと分かる程に継ぎが当たっていた。それが恥ずかしいのだろう、用のない時はどこかに身を潜めているらしい。

少女の気持ちはよく分かった。蕗自身が、黒鍬の娘であった時に味わった感情《おもい》だった。

まだ忘れてはいない。その時のことは、はっきりと覚えている。

それなのに、少女のことを、他人事《ひとごと》のように見ている。

境内にいる少女と、茶屋の座敷にいる私と、どこがどう違うのか。

何も違わぬではないか。

ふと、父と母のことが思い返された。父も母も、常に凜《りん》としていた。誇れる父であり母であった。なのに、五月二十六日の命日には、与えられた座敷で位牌《いはい》に手を合わせただけだった。

預けられて日が浅かったこともあり、墓参りに行きたいとは、とても言い出せなかったのだ。でも、いつかは言わなければならないことだった。それが今なのかは分からなかったが、言ってみようか。

「どうしました？」

奥様が案じて下さっている。

蕗は思い切って、墓参のことを切り出した。

「そうですか」奥様はたおやかに頷《うなず》かれると、随分我慢をしていたのですね、と言われた。

「いつそれを言い出すか、と思っていたのですよ」

思わず涙ぐんでいる蕗に、奥様が言葉を継いだ。

「お父上とお母上のことを、自然に笑って話せる日が早く来るとよいですね。そうなるためにも、蕗は揺らぎのない心を持たなければなりませんよ」

墓参のこと、明日にでも、お栄殿と話しましょう。奥様はにこやかに微笑まれると、鶩津《おさと》家へと思って求めたのですが、丁度よかったですね、と言われ、菓子を目で指された。《大橋屋》で菓子を二箱求めた訳が、その時やっと分かった。

栄への土産《みやげ》だったのだ。

菓子は、落雁《らくがん》だった。《大橋屋》のは、炒《い》った乾飯《ほしいい》の粉と沸かした砂糖水を混ぜ、型に入れ打ち抜いたもので、さらりとした後口のよい甘さが栄のお気に入りだった。

栄の喜ぶ顔が目に浮かんだ。

「はい」蕗が答えた。

四

十一月十日。昼八ツ（午後二時）。

軍兵衛は、岡《おか》っ引《ぴき》・小網町の千吉らとともに、市ヶ谷町に程近い森川家前の辻番所に詰めていた。辻番所からは板倉淡路守の下屋敷の大門が一町先に望めた。

朝から既に十四人の町屋の者が出入りしているが、賭場に潜《もぐ》り込んでいる源三と佐平からは何の連絡もない。まだ、火伏せの長五郎一味の万治も、貞七も現われていないのだろう。

通りを足音と話し声が近付いて来た。西から東へと向かっている。板倉家と塀を並べる森川丹後守の下屋敷にいる勤番侍であった。谷町に行き、安酒を飲み、江戸の土産話にするのだろう。

「やっ」

とひとりの侍が、通りすがりに辻番所に片手を上げた。若かった。まだ二十歳を幾つか過ぎたばかりに見えた。

辻番の老人が、丁寧に応えている。

安永の頃になると、辻番所に詰める役目を町屋の者に請け負わせる大名家が増え始めていた。この辻番所もそのひとつだった。

何か取り立てて役目がある訳ではない。昼と夜、交替で詰め、怪しい者が通らぬか監視しているだけのお務めである。自然と土地に詳しい隠居に役が回るようになっていた。この森川家前の辻番所の場合も同様で、隠居か、年を取り稼ぎのなくなった者が当たっていた。そのような者にとって八丁堀の同心や岡っ引は、一緒にいるだけで緊張を強《し》いられる相手であった。いつもなら足を伸ばし、渋茶と駄菓子を口に運びながらのお務めなのに、軍兵衛らの手前、膝を揃《そろ》え、通りに目を遣《や》っていなければならなかった。既に、軍兵衛らが見張りに付いて四日になるのに、まだ番人どもの硬さはほぐれていなかった。

「どうです、ちいっと休んで茶にしやせんか」

千吉が新六に茶を淹《い》れさせ、風呂敷を開いた。大振りの紙袋からおこしが転げ出た。

「あっしらは見張りながら摘《つま》みますんで、皆さん、遠慮なくやっておくんなさい」

「おう、そうしてくれ」軍兵衛が寄るように、と手招きをしながら言った。「俺たちがいちゃ気詰まりだろうに、申し訳ねえな。もう少しのことだから、勘弁してくれ」

とんでもないことでございます。ふたりの老人が顔を見合わせ、膝を寄せて来た。

「頂戴《ちょうだい》します」ひとりが言った。

「いつも、申し訳ありません」もうひとりが言った。

この四日間、なにがしかの茶菓子を出しているのである。

ふたりの老人がぽりぽりとおこしを食べている間、千吉が辻番所から顔を出し、通りを見渡していた。人の通る気配はなかった。

その頃――。

板倉家下屋敷の賭場では、源三が大当たりしていた。出る賽《さい》の目が読めるのである。

丁丁半丁半と立て続けに五回当たり、手持ちの駒は元の三十倍余になっている。

「凄《すご》いじゃねえですかい？」

賭場を仕切っている中間の才蔵《さいぞう》が、佐平に囁《ささや》いた。佐平は、元手を半分すったところで、酒を嘗《な》めるようにして飲んでいた。

「とっつぁん、少し俺に回してくんねえか、大きな勝負をして取り返してえんだよ」

佐平が源三に声を掛けた。いい加減にしろ、と言っているのである。資金を軍兵衛からもらう時、勝つな、負けろ、何があっても大勝ちはするな、と釘《くぎ》を刺されていた。

「うるせえ、ツキが逃げる。黙ってろい」

答える源三の目が据わっていた。駄目だ、こりゃあ。佐平は、杯を宙に止めたまま、源三の手許《てもと》に山と積まれた駒を見詰めた。

源三は、己の読みに酔っていた。

こんなことってあるのかよ。

長い賭場通いで初めてのことだった。次に出る目が、分かるのだ。丁丁半丁半。この五回、丁半どちらに賭けるか、少しも迷わなかった。次は、丁だ。それも四六の丁だ。

間違いない。張りたい。丁に張りたい。だが、これ以上勝ち続ければ、相乗りして来る者が出、賭場が成り立たなくなっちまう。張っちゃならねえ。ここは我慢なんだ。分かってる。

だけど、今の俺には次の目が読めてる。分かっていて、みすみするのかよ。

そんなことしちまったら、もう二度と博打《ばくち》の神様は微笑んじゃくれなくなっちまうぜ。

（源三、我慢しろ！）

耳の奥で、軍兵衛の声が聞こえたような気がした。

そうだ。俺は御役目のために、ここに来てるんだ。そりゃあ、分かってる。けど、こんなツキは、それこそ一生に一度かもしれねえ。そいつを棒に振らなきゃならねえんですかい。旦那ぁ、そいつは殺生《せっしょう》ってもんですぜ。

涙が出て来た。鼻の奥がつんとして、洟《はな》が垂れた。洟を袖《そで》でぐいと拭《ぬぐ》い取り、「畜生《ちくしよう》」と一声叫んで、持ち駒の半分を半に置いた。

壺《つぼ》が振られ、賽の目が読み上げられた。

「四六の丁」

客の響動《どよ》めきが起こり、駒が掻き寄せられた。

源三が壺を指さし、金魚のように口をぱくぱくさせている。

佐平は止めていた杯を口に運び、飲み干した。

源三は、それからはことごとく目を外し、元手すらなくして、打ちひしがれてしまった。

「まあ、いい夢を見たと思いなせえ」

才蔵が上機嫌で、源三に酒を勧めた。

「飲まずにいられやすかい」

源三が湯飲みで酒を呷《あお》っているところに、客が入って来た。

年の頃は三十くらいで色の白い男だった。身体の動きが遊びに慣れていた。賭場の若い衆が挨拶をしている。佐平は耳をそばだてたが、名を口にする者はいなかった。だが、万治に相違ないと思った。下っ引としての勘だった。

男は金子を駒に換えている間、賭場の様子を油断なく探っている。その目が、佐平と源三のところで止まった。

「とっつぁん、いつまでもぐじぐじ言ってねえでよ。今日はもう帰って頭冷やした方がいいぜ」

ねえ、才蔵さん、と佐平は才蔵と親しげに振舞って見せた。

「そうだぜ、また明日、取り返せばいいじゃねえかい」

才蔵が屈託《くったく》のない声で言った。

「取り返すのは、俺よ。とっつぁんから逃げてったツキはこっちに来てるんだからな」

佐平が胸を叩いて見せた。首を突き出し、絡んで来ようとした源三に、佐平が目で合図をした。来たぞ。

(…………)

源三は突然憑《つ》き物が落ちたように真顔になると、佐平と才蔵に、帰る、と呟いた。

「そうしなせえ。勝ち負けがあればこその勝負事。次の時こそ、勝っておくんなさいよ」

源三を中間小屋の入り口まで見送り、佐平は盆茣蓙《ぼんござ》に戻った。斜め向かいに万治が腰を下ろしていた。

「丁」と万治が言った。

「半」と佐平が応じた。

夕七ツ（午後四時）過ぎ。

一刻近く遊んだ万治が博打を切り上げた。幾らか儲《もう》けたようだったが、儲けはそっくり賭場の若い衆に小遣い銭としてくれてやっていた。きれいな遊び方をする男であった。

若い衆に送られて、万治が賭場を出た。

直ぐに追い掛けたかったが、焦って気付かれたら元も子もない。ここは源三を信じ、千吉と新六に任せるしかなかった。

（頼むぜ）

佐平は、心の中で叫びながら、駒を張った。

表では——。

千吉と新六と軍兵衛が、辻番所を出て、万治の尾行を始めていた。源三は、あの男です、と教えた後は、酔っ払って辻番所の奥で鼾《いびき》を掻いて寝てしまったのだ。これがもう少し万治の帰りが遅かったならば、日が落ちてしまい、源三の酔眼ならずとも見定めることは出来なかっただろう。軍兵衛らにしてみれば、幸運だったと言わねばなるまい。

万治は板倉家の下屋敷をぐるりと回ると、修行寺門前町《しゆうぎようじ》から暗坂《くらやみざか》へと進んだ。夜になろうと言うのに、慌てる素振《そぶ》りもなく、端唄《はうた》を口ずさみながら歩いている。

暗坂は、全長寺《ぜんちようじ》と地福院《じふくいん》に挟まれた長さ四十三間（約七十八メートル）、幅九尺（約二・七メートル）の坂道で、昼なお暗いところから名付けられていた。それが、冬の夕刻である。人通りは絶えており、ただ万治の雪駄の音だけが坂道に響いている。

「どういたしやしょう？」千吉が坂への曲がり端で軍兵衛に訊いた。このまま尾《つ》けるか、それとも間を空けるか、と訊いているのである。

「気取《けど》られねえ自信はあるか」

「へい」

「やってみな」

千吉は足袋を脱ぎ素足になると、足袋と雪駄を背帯に差し込んだ。

「お先に行きやすんで、後から来ておくんなさいやし」

背を屈《かが》め、道の端を嘗めるように進んで行った。足音は聞こえて来ない。

「大したもんだな」軍兵衛が新六に言った。

「あっしも稽古《けいこ》したんですが、親分のようにはなかなか……」

「いかねえか」

「ぺたぺたと音がしちまうんです。佐平の奴は呑み込みが早いのか、様になるんですが、あっしはどうも……」

佐平は下っ引になってまだ二年目だが、新六は四年目になる。佐平は新六を兄ィと立てているが、新六には抜かれるかもしれないという焦りがあるのだろう。

「そんなことは小さなことだ。俺たちは、おめえの粘り強さを知ってる。十手持《じっても》ちにとって一番大切なものを、おめえが持ってるってことをな」

「旦那ァ……」新六は、目頭が熱くなるのを感じた。

「見ろ」

坂の途中で千吉が手を振っている。行くぞ。軍兵衛は新六に言い置いて、坂道に飛び出した。新六が袖で顔を拭いながら後に続いた。

暗坂を抜けると道は二手に分かれている。千吉は浄雲寺《じょううんじ》横町に折れる角に身を隠していた。横町は片方が武家屋敷で、反対側は寺院が甍《いらか》を連《つら》ねている。ここも、尾けるのが難しいところであった。

「時々振り向きやがって、始末の悪い野郎でございやす」

千吉が、呻《うめ》くように呟いた。

「用心してるってことは、知られたくないところに行くか、人に会うかだ。結構じゃねえか」

「だとよろしいんでやすが」

千吉は足裏をそっと叩《はた》くと足袋を履き、雪駄に乗せ、再び先に立った。

万治は寺社の並びを過ぎ、武家地を更《さら》に南に向かい、塩町《しおちょう》二丁目の町屋に入った。どこに立ち寄るという素振りもなく、四ッ谷御門と内藤新宿大木戸を結ぶ大通りに出ると、そのまま通りを横切り、忍町《おしまち》に分け入った。

万治は蕎麦《そば》屋や味噌《みそ》屋を通り越したところで足を止め、旅籠《はたご》の軒下を見詰めている。二度三度と見回し、何もないことを確かめると、また歩き出した。万治が足を止めていたのは、商人相手の旅籠《但馬屋《たじまや》》であった。

「何をしていたんでしょう？」

「軒下を見ていたな」

「へい。何かを探しているように見えやしたが」

「俺にもそう見えた……」

軍兵衛は旅籠を見回し、戸口から中を覗いた。土間の奥に黒光りする階段があった。二階建の地味な旅籠だった。

「新六、一刻だけここに残り、出入りする者を見張ってくれ」

「承知いたしやした……」

軍兵衛は素早く一朱金を新六の手に握らせると、

「これで腹拵《はらごしら》えしながらでいいぞ、頼んだぜ」

言うが早いか、千吉を促して、万治の後を追った。

万治は、大通りを四ッ谷御門の方へと歩いていた。

四ッ谷伝馬町の三丁目、二丁目と行き、麴町十三丁目で北に折れ、裏御箪笥町の中程にある煮売り酒屋の縄暖簾《なわのれん》を潜《くぐ》った。何度も通っている者の足取りだった。千吉は軒先に擦り寄ると、障子窓を細く開け、中に目を走らせた。万治は入れ込みに上がっていた。誰かを探すような素振りはなく、周りの話し声など聞こえていないかのように、ひとり黙々と酒を飲み、肴を摘んでいた。

半刻（一時間）も経《た》たずに出て来ると、万治はそのまま東に向かい、麴町十二丁目にある《紫陽花《あじさい》長屋》に入って行った。間合を詰め、塒《ねぐら》の場所を確かめるのを千吉に任せ、軍兵衛はその場に留まった。

「旦那」程無くして千吉が戻って来た。

「突き止めやした。奥から二軒目の借店《かりだな》に入っておりやす」

「よくやった」

答えながら、軍兵衛は辺《あた》りを見回した。見張り所になりそうなところを探したのだが、見当たらなかった。

「何か……」千吉が尋ねた。

軍兵衛は見張り所を作るのが難しいことを告げた。千吉も、見回してから頷いた。

「奴《やっこ》さん、今夜は動かねえだろう。となれば、これ以上ここにいることはねえ。何か食わねえか、腹が減った」

千吉も食べるのを忘れていたことに気が付いた。

「ささっと、食いやしょうか」

軍兵衛も早食いだが、千吉も食べるのが早かった。ふたりで食べると早食いを競っているようだ、と言われたこともあった。軍兵衛はこれからの探索の日々を思い、いいや、と言った。

「こってりしたものを、じっくり食おうぜ」

軍兵衛らが去って小半刻が過ぎた。

寒さが足許から這《は》い上がって来る。何か温かいものが食いてえ、と新六が物陰から首を出し通りを眺めていると、近付いて来る人影が見えた。

慌てて身を屈めた新六の前を通り過ぎた男が、旅籠に入って行った。

その男の人相風体は、貞七の似絵《にせえ》にそっくりだった。

（まさか……）

物陰を抜け出し、旅籠の板壁に背を付け、中の話し声を聞いた。女将《おかみ》が出迎えているらしい。

「ごゆっくりでございましたね、《山科屋《やましなや》》さん」

それが貞七が旅籠で使っている偽名であるらしい。

「あちこち見てましたら、こんな刻限になってしまいました」

「どちらをご覧になられました？」

貞七が答えている。商いの傍《かたわ》ら江戸見物に来た、と言う触れ込みなのだろう。

「何か召し上がりますか」

「まだ、いただけますか」

「勿論でございます」

「それはありがたいですね」

濯《すす》ぎの湯が来たらしい。

「この心配り、流石《さすが》は《但馬屋》さんですね」

貞七が如才《じよさい》なく振舞っている。

(大変《てえへん》だ。旦那に知らせなくては……)

新六は、《但馬屋》からそっと離れ、走り出した。

途中、蕎麦屋でかけを一杯手繰《たぐ》り、更に甘酒屋を呼び止め、二杯飲んだのだが、八丁堀の組屋敷に辿《たど》り着いた時には、腹の虫が鳴っていた。

耳聡《みみざと》い栄が聞き逃すはずもない。

「お上がりなさい。直ぐに作りますからね」

「大丈夫でございます。腹が鳴ったのは、減っていたからではないのでございますから……」

「今更遠慮してどうします？　食べなさい」

「……はい」

一朱金をもらっているとは、言えなかった。

間もなくして膳に載って出て来たのは、油揚げを甘辛く煮たものと佃煮《つくだに》と味噌汁だった。

ご飯や味噌汁や煮物から湯気が立っていた。それだけで、嬉《うれ》しかった。

新六が掻っ込んでいるところに、軍兵衛が戻って来た。新六を見て、どうしたい？　思わず尋ねた。千吉とは、組屋敷の近くで別れたらしい。

「《但馬屋》に貞七が泊まっておりやした。それをお知らせにあがったって訳で。そしたら……」

「見たか」

「見ました」

「間違いねえな？」

「ございません」

「よくやった。食え」

「食っております」

「もっと食え。お代わりだ」

軍兵衛が栄に叫んだ。

「そんな、もう入りません」

「まだ入る。俺が若かった頃は、丼飯を毎日三、四杯は食ってた」

「そんな……」

「情けねえ面を見せるんじゃねえ。明日からはお前が見付けてくれた貞七の見張りで、食ってる暇などねえんだからな」

新六の目が輝き、箸が勢いよく動いた。

「いい食いっぷりだ」

軍兵衛と栄の笑い声が重なった。

微かに漏れ聞こえて来る声に聞き耳を立てている黒い影があった。黒い影は、暫くの間軍兵衛の組屋敷の木戸口に佇んでいたが、やがてゆるりと背を向け、歩き出した。

第三章　内与力《うちよりき》・三枝幹之進《さいぐさみきのしん》

一

十一月十一日。

この日鷲津竹之介は、六浦《むつうら》自然《じねん》流《りゅう》の道場を休み、鮫ヶ橋の妹尾周次郎の屋敷に向かっていた。

既に父の軍兵衛から、六日の夜に伝えられていたことである。

――元服《げんぷく》の前に、竹之介と会って話がしたいと言っておった。

軍兵衛の話は素《そ》っ気《け》なかったが、軍兵衛と周次郎が剣の同門であり、肝胆《かんたん》相照らす仲であることも知っていたので、朋友の倅《せがれ》の成長を見たいのだろうと勝手に想像した。だからと言って背伸びをしようという気は、竹之介にはなかった。

――己以上の者に見せようとしても、誤魔化せるものではない。剣は正直だ。

それが六浦自然流の教えでもあった。

六浦自然流の道場は、如月派《きさらぎは》一刀流を身に付けていた軍兵衛が抜刀術を学びに入門した道場で、周次郎は如月派一刀流時代の同門であった。

組屋敷から鮫ヶ橋へ行くには、お城をぐるりと半周しなければならない。しかし、それは竹之介にとって楽しいことでもあった。普段は海賊橋《かいぞくばし》、江戸橋、荒布橋《あらめばし》、親父橋《おやじばし》と橋を四つ渡って住吉町《すみよしちょう》の道場に通う日々ばかりなので、久し振りの遠歩きは気持ちが晴れた。

弾正橋《だんじょうばし》から白魚橋《しらうおばし》を渡り、三十間堀川《さんじっけんぼりかわ》に沿って西南《ひつじさる》の方向に進む。川面《かわも》を吹いて来る風は冷たかったが、日のあるうちならば、羽織を着ていれば堪《た》えられない寒さではない。

芝口橋《しばぐちばし》を渡ったところで溜池方向に向きを変え、そのまま溜池を右手に見ながら行き、喰違《くいちがい》御門を過ぎたところで左手に折れる。紀州徳川家上屋敷の塀沿いに西に行くと、そこはもう鮫ヶ橋坂で、妹尾屋敷までは間もなくというところだった。

いささか咽喉《のど》が渇《かわ》いたが、武士たる者、出先での飲食は慎《つつし》まなければならなかった。町屋の者のように、好き勝手に飲食する父を真似《まね》、蕗と菓子を食べたこともあったが、今になってみると、よくやったものだと思う。一年半前は、まだ子供だったのかもしれない。元服を控えた年になると、人の目が気になってしまう。父は、人の目など気にしないのだろうか。それが同心という御役目なのだろうか。

竹之介は腰掛茶屋にも寄らず、ひたすら歩き、鮫ヶ橋に至った。

龍谷寺通りに入る手前に、石積の塀の屋敷があった。塀に沿って半町程行くと長屋門が見えた。大門は閉ざされていた。

物見窓に向かい、声を掛けたが、応答がない。

――門番のいる時といない時がある。誰もいねえようなら、構わねえ、潜《くぐ》り戸から入れ。

昨夜、軍兵衛から受けた注意だった。潜り戸から入ろうかとも思ったが、もう一度声を掛けると、物見窓が開いた。名を名乗り、来意を告げると、伝えられていたらしく直《す》ぐに大門が開いた。目の前で大門が己一人のために開かれるのを見るのは、初めてのことだった。何か人生が開けて行くような感動があった。思わず見上げていると、門番が入るように、と促している。案内《あない》され、玄関に入った。玄関には家士《かし》が控えていた。

「殿がお待ちでございます」

刀を手渡し、式台に上がると、奥へと通された。

待つ間もなく妹尾周次郎が現われた。竹之介は手を突き頭を下げた。周次郎は着座するや、顔を上げてくれ、と言った。

「親父殿同様、堅苦しいのは好きではないのだ」

「はい」

竹之介が面《おもて》を上げるのを待ち切れないのか、顔を覗《のぞ》き込むと、大きくなった、と言って頷《うなず》いた。

「赤子の時と、それから七つであったか、二度組屋敷を訪ねたことがあった。覚えているか」

「ぼんやりとですが……」

「あれから五年。たった五年で、こんなにしっかりとした顔になるのか」

しっかりなどと言われたことはなかった。竹之介が返答に困っていると、茶と菓子が来た。

咽喉が渇いていることを、今更のように竹之介は思い出した。

「済みませんが」と竹之介は、茶と菓子を運んで来た腰元に言った。「八丁堀から何も飲まずに来たので、咽喉がからからなのです。茶のお代わりを頼みたいのですが」

「八丁堀から、でございますか」腰元が目を丸くした。

「はい」

「急須ごと持って来るとよいかもしれぬぞ」周次郎が腰元に言った。

「お願いいたします」

「心得ました」

腰元は厨《くりや》に取って返すと、急須に茶を満たして戻って来た。竹之介は立て続けに三杯飲み、助かりました、と言って、ふっと息を吐いた。その所作《しよさ》が可笑《おか》しかったのか、腰元と周次郎が声を揃《そろ》えて笑った。

「やはり軍兵衛の息子だな。軍兵衛がしそうなことや、言いそうなことをする」

あの父に、あの八方破れの父に、私が似ているると仰《おつ》しゃるのですか、と竹之介は訊《き》きたかったが、凝《じ》っと瞑目《めいもく》している周次郎を見て、口を閉ざした。腰元が、奥座敷からそっと下がった。

「あの日は」と周次郎が、目を開け、思い出したように言った。「暑い日であった。夕方から降り出した雨が、夜になっても熄《や》まなくてな……」

周次郎は遠くを見るような目付きをしていたが、改めて竹之介を見詰めると、

「ようここまで成長した」と言った。

「ありがとうございます」

「礼を言うのは、こっちだ」周次郎が言った。「そなたの兄の松之介《まつのすけ》殿が病で亡くなられた時は、見ていられなかったぞ。今、軍兵衛と栄殿が笑っていられるのは、竹之介殿が健《すこ》やかに成長してくれたお蔭なのだ」

「…………」

竹之介の記憶にある父と母は、いつも快活《かいかつ》であった。あの父と母に、そのような時があったのかと、竹之介は遠い記憶を探った。兄の位牌《いはい》の前に座っている父と母の背を、朧《おぼろ》げながらではあったが覚えていた。確かに、父はいつもの父ではなく、母もいつもの母ではなかった。

「兄のことを忘れたことはございませんでした。しかし、お話を伺《うかが》うまで、私と結び付けて考えてはおりませんでした」

「そういうものだ。人の子の親になる前はな。だが、覚えておけ。己はいつもひとりではなく、多くの人と共にあるのだとな」

「はい」

「そのように思う時はあるかな」

「上手《うま》く言えませんが、ございます」

蕗のことを話そうかと思ったが、恥ずかしいので止《や》めた。

「竹之介殿は、やがていつかは親父殿の跡を継いで同心《どうしん》となる訳だ。様々な罪人《つみびと》と対面することになるだろうが、その覚悟は出来ているのか」

「父に言われたことがございます。世の中、悪い奴はいない。弱い奴がいるんだ。弱いから罪を犯すのだ、と。私は罪を憎みますが、人を憎みたくはありません」

「成程《なるほど》」

周次郎は腕組みをすると、首を突き出すようにして言った。

「では、尋《たず》ねる。正義とは何か」

「正義とは……」一瞬迷ったが、心を決めた。「己に恥じぬ振舞いをすることです」

「出来ておるか」

「そうなりたいと思っております」

「親父殿は？」

「出来ております」

「そうか。軍兵衛は出来ているか」

周次郎は気持ち良さそうに笑うと、昼餉《ひる》を食わぬか、と言った。

「少し早いが、若いんだ。腹が減っているであろう」

緊張していた所為《せい》か、空腹という感覚はなかったが、これは試されているのだと思い、はい、と答えた。

「喜んで頂戴《ちょうだい》します」

「うむ」

周次郎は手を叩《たた》き、家士に膳を運ぶように言った。

「ところで、竹之介」殿が消えた。「そなたは、本当にあの軍兵衛の息子か」

「はい？」

「軍兵衛が、そなたくらいの頃は、もっと他愛《たわい》ない奴だったぞ」

声を上げて笑った竹之介に、

「その表情《かお》を忘れずにな」と言った。「親孝行をするのだぞ」

「はい」

廊下を衣擦《きぬず》れの音が近付いて来た。

二

竹之介が鮫ヶ橋の妹尾家を訪ねている頃、母の栄は年番方与力《ねんばんかたよりき》・島村恭介の奥様から屋敷に出向くように、との知らせを受けていた。

歩き始めた鷹《たか》を隣家の同心の妻女に預け、栄は島村家の組屋敷へと急いだ。

冠木門《かぶきもん》を潜り、玄関で案内を乞《こ》うと、八重とともに現われた奥様が上がるようにと言って、応接の間に通された。

そこで栄は、蕗が両親の墓参に行きたがっていることと、島村家としては鷲津家の判断に任す旨《むね》を聞いた。

「行くのでしたら、日取りを前以《まえもっ》て教えてもらえれば、当方は構いません。墓参を兼ねた特別の宿下がりということにいたしますので」

栄は奥様に、心遣いをしていただいたことを謝し、落雁《らくがん》の礼を申し上げ、軍兵衛と相談の上返答すると答えて、早々に引き上げた。

昼八ツ（午後二時）に、晴れやかな表情をして竹之介が戻って来た。軍兵衛が新六に送られて帰宅したのは、それから三刻（六時間）後のことであった。千吉と佐平は、忍町の旅籠《はたご》《但馬屋》の斜め前に設けた見張り所に詰めているらしい。

栄は軍兵衛に蕗のことを相談する前に、妹尾家訪問の詳細を父に話すよう竹之介に言おうとした。だが、栄が言う前に、竹之介は勇んで軍兵衛に報告を始めていた。栄も軍兵衛が着替え終えた羽織や着物を畳みながら、もう一度竹之介の話に耳を傾けた。

緊張したこと、昼餉を馳走《ちそう》になったこと、そして正義とは何か、と訊かれたことなど、内容は昼に聞いたのと殆《ほとん》ど同じだったが、何度聞いても胸が熱くなった。

「戸惑ったであろう？」

「はい。ですが、私を一人前の客として迎えて下さったので、何だか背が伸びたような気がいたしました」

「よかったではないか」

「嬉しゅうございました」

軍兵衛が、隣室にいる栄の名を呼んだ。

「聞こえたか」

「よく聞こえました」

「これで周の字はもらえたな」

「もらう、ですか……」

　軍兵衛が周の字の経緯を話した。

「鷲津周一郎。それが、お前の新たな名だ」

「鷲津、周一郎」

　竹之介は二度三度と口の中で呟《つぶや》いた後、礼を言い、改めて、栄に新たな名を告げている。

「よかったですね。名に恥じぬよう頑張りなさい」

「はい」

　その声が大きかったのか、鷹が突然泣き声を上げた。

　鷹が養女となって鷲津家に来て、一年と一月《ひとつき》になる。重湯《おもゆ》を飲んでいた赤子が、右に左に歩き回る程になっており、よく泣き、よく笑い、片言の言葉を話した。それが一家の笑いを誘った。

　栄が鷹をあやしに立ったところに、玄関で声がした。誰か訪ねて来たらしい。

既に宵《よい》五ツ（午後八時）の鐘は鳴っている。宵五ツと言えば、旗本屋敷の門限である。他家を訪う刻限《おとな》にしては遅かった。応対に出ようとした竹之介を止《と》め、軍兵衛は手燭《てしょく》を持ち、脇差を腰に差し、玄関に向かった。

男は暗がりの中にいた。手燭を翳《かざ》そうとした軍兵衛に男が名乗った。

「火附盗賊改方《ひつけとうぞくあらためかた》同心・土屋藤治郎《つちやとうじろう》です。ご無沙汰《ぶさた》しておりました」

一年九か月前のことになる。肩に矢を射《い》られ、その上追われていた佐平の窮地を、土屋と妻女に救ってもらったことがあった。それ以来、真面目《まじめ》だが融通《ゆうずう》の利《き》かない土屋の純朴な人柄に惹《ひ》かれ、交誼《こうぎ》を結んで来ていた。

「これはお珍しい。どなたかと思いました」

「このような刻限に、申し訳ありません」

「一向に構いません。町方にとっては、まだ昼のようなものです」

「そのように仰しゃっていただくと申し上げ易《やす》いのですが、殿が是非ともお会いしたいとのことで、非礼をも顧《かえり》みず罷《まか》り越した次第なのですが、ご同道願えますでしょうか」

殿とは、火盗改方《かとうあらためかた》長官・松田善左衛門勝重《まつだぜんざえもんかつしげ》のことである。家禄は一千二百石。虎之御門《とらのごもん》外にある屋敷が金毘羅《こんぴら》神社に隣接しているところから、金毘羅の御殿様と呼ばれていた。

この松田善左衛門、

「儂《わし》は悪い奴が大嫌《でえきら》いだ」と言いながら、その悪い奴を脅して強請《ゆす》るなど破天荒《はてんこう》なところのある殿様であった。

「承知しました。参りましょう」

「ありがたい。助かりました」

軍兵衛は手早く着替えると、土屋とともに組屋敷を出た。

弾正橋、白魚橋と渡り、三十間堀川に沿って歩いた。これは竹之介が日のあるうちに歩いた道筋と同じだった。ふたりは芝口橋を渡ったところで西に向きを変え、人気《ひとけ》のまばらな久保町原《くぼちょうはら》を横切り、虎之御門の前で南に折れた。金毘羅神社の森が黒くうずくまって見えた。その向こうに、松田善左衛門の屋敷があった。

火盗改方は、長官に就任した者の屋敷が役宅になった。その点が町奉行とは違っていた。町奉行は、奉行職に就《つ》いた者が奉行所に隣接する屋敷、つまり役屋敷に住んだのだが、火盗改方は長官の屋敷が役宅になるので、新たな長官が御役に就く度《たび》に役宅の場所が移ったのである。

土屋藤治郎は大門脇の物見窓に声を掛けると提灯《ちょうちん》を掲《かか》げ、応対に出た門番に自らの顔を照らして見せた。

大門の裏を足音が走り、潜り戸が開いた。

家士に刀を預け、土屋に続いて玄関から上がると、板廊下を奥へと進んだ。足袋《たび》を通して足裏に、板廊下の冷たさが伝わって来た。

寒い。庭に敷き詰められた白い玉砂利が、月の光を淡く照り返している。古刹《こさつ》の廊下を歩いているような気がした。

明かりの灯《とも》っている座敷の前で土屋が膝《ひざ》を突き、軍兵衛を連れて来た旨を告げた。

「おう、待ってた。待ってた」

松田善左衛門は膳の用意を命ずると、軍兵衛に座敷に入るように言った。

土屋に促され、善左衛門の正面に座った。土屋が脇正面に回り込んでいるところに膳が来た。早い。既に用意されていたのだろう。

「先《ま》ずは、咽喉を湿らせてくれ。話は、その後だ」

土屋は漆器の銚子を手に取ると、軍兵衛に杯を持つように言い、酒を注いだ。ついぞ飲んだことのない、よい酒だった。さらりとしているが、きりりと引き締まり、こくがあった。

「これは、美味《うま》い酒でございますな」思わず軍兵衛は、感嘆《かんたん》の声を上げてしまった。

「そうであろう」善左衛門は、にやりと笑うと、杯を干し、「二万五千石の味だ」と言った。

覚えのある笑みだった。以前、旗本家に灸《きゆう》を据えたとかで、極上の詫《わ》び酒を馳走されたことがあった。

「さる大名家の江戸勤番がちょいと悶着《もんちやく》を起こしおってな。その仲裁料と口止め料だ。話を聞くと、酒が不味《まず》くなるであろうから言わぬが、言わば戦利品だ。遠慮なく飲め」

「その話。町屋の者が泣きを見てはいないでしょうね」

「よくある大名家と旗本家の揉《も》め事だ」

「それを聞いて安心いたしました」

「支配違いだからか。はっきりしておるの」善左衛門は杯で軍兵衛を指した。

「はっきりしているところで、其の方に頼みがある」

火伏せの一件から手を引いてくれぬか、と善左衛門が言った。

「貞七の奴は儂らが先に見付け、泳がせておいた者なのだ。それを後から出て来た癖《くせ》に、見張り所なんぞを置きやがって目障《めざわ》りでしょうがねえんだよ」

新六が貞七を見たのが昨夜で、《但馬屋》の斜め向かいにある足袋股引所《ももひき》《山《やま》口屋《ぐちや》》の二階に見張り所を設けたのが今朝のことだった。それを知られているのだ。善左衛門の話は、嘘《うそ》ではなさそうだった。だからと言って、手を引けと言われても、町方には町方の矜恃《きょうじ》というものがあった。いや、その前に、どうして俺が火伏せの一件を扱っていると知っているのだ。訊いた。

「手先に旅籠の見張りをさせていたであろう。その者は貞七を見て慌てて組屋敷に駆けたそうだが、その者の後を尾《つ》けた者がおるのだ。火盗改の同心にな。そうしたら、其の方の手の者であった、という訳だ」

「合点《がてん》が行きました」

だからと言って、申し出を受け入れる訳にはいかぬし、拒絶するにしても、軍兵衛にはそれらを決する権限はまったくなかった。

「私の一存では答えられませんが、上の者にしても、はい、そうですかと手を引くとは思えませんが」

「儂らに任せた方が火伏せ捕縛は確かだぜ。奉行所とて、取り逃がしたくはねえだろう」

「無論です。が、そうおいそれと手を引くとは、申し上げ兼ねます」

「軍兵衛、其の方、もう少し物分かりがよかァなかったか」

なあ、藤治郎と言って、善左衛門が同意を求めた。土屋が苦しげに頷いている。

「火盗改方と町方が喧嘩《けんか》して喜ぶのは、夜盗どもでございます」軍兵衛が言った。

「それで？」

「ここは双方が歩み寄るのが一番かと存じますが」

火盗改方と町方が力を合わせて賊を追うことになれば、不仲の評判を打ち消す絶好の機会になるのではないか、と軍兵衛は続けた。

「口の達者《たっしゃ》な奴だな。どう思う？」善左衛門が土屋に訊いた。

「私は良案かと存じますが、しかし……」土屋が口を濁した。

「私は、か。……呼べ」

善左衛門の命《めい》は簡潔だった。土屋は誰をとも訊かずに立ち上がると、座敷を出、廊下を急いでいる。

「箸《はし》をつけてくれよ。こんな刻限に呼び出して、嫌な話をして、酒だけでは、儂は笑いものだぜ」

膳には白身魚の刺し身と椎茸《しいたけ》の佃煮《つくだに》、それと梅干しが肴《さかな》として供されていた。

「先《ま》ずは、その梅干しを食べてみてくれぬか」

善左衛門は勧めながら自らの膳の梅干しを口中に入れている。たかが梅干しである。勧められても、嬉しいものではなかったが、そうは言えない。身分が違った。

「では」と軍兵衛も箸で摘《つま》み、口に入れた。「ん……」

酸っぱくなかった。それどころか、ふくよかな出汁《だし》の味が口に溢《あふ》れた。何だ、これは。思わず唸《うな》り声を発した軍兵衛に、

「どうだ、美味いであろう?」と善左衛門が、得意げに作り方を説いた。「三日程水に浸《つ》けて塩抜きした梅干しを、酒と醬油《しょうゆ》に削《けず》り節《ぶし》をたっぷりと落としたもので煮るのだ。珍味であろう?」

「まさに」

「飲んでくれ。食べてくれ。その方が丸め込み易いでな」

冗談だ、と言いながら杯を干したところに土屋が戻って来た。

「おう っ、入れ」

障子が開いた。土屋が伴って来たのは随分と額《ひたい》の張り出した男であった。男は金壺眼《かなつぼまなこ》を光らせて軍兵衛を見ると、煙たそうに目を細めた。

何だ、こいつは。こいつと組めとでも言うつもりじゃねえだろうな。まるっきり餓鬼《がき》のようじゃねえか。こんなので、火盗改方が務まるのか。

三枝幹之進に初めて会った時ほどではなかったが、駄目だ、と思った。こいつとは合わねえかもしれねえ。

「腕っこきの同心でな。名は樋山小平太《ひやまこへいた》と言う」

樋山が礼をした。軍兵衛は頭の下げ具合を、樋山より浅くして応えた。

善左衛門が話の経緯を樋山に教えた。

「どうだ、ここは手柄争いをするより、町方と一緒に火伏せを追うってのも、よい経験になるだろうぜ」

「長官《おかしら》のご命令とあらば」樋山が答えた。

「こっちが先と言っても、ほんの僅《わず》かなことだからな。町方の遣り方を見て、学ぶこともあろうかと思うが、どうだ？」

「承知いたしました……」

樋山の顔には不満がくすぶっていたが、善左衛門の顔はどこか冴《さ》え冴《ざ》えとしていた。まさか、と思いながら軍兵衛は酒を口に含んだ。まんまと善左衛門の罠《わな》に嵌《はま》った訳ではないだろうな。こいつのお守りをやらされるなんてのは、真《ま》っ平《ぴら》御免だぜ。

「先程は」と軍兵衛が訊いた。「勢いで力を合わせてと申しましたが、例えば一緒に賊を捕えた時は、どちらが尋問の指図をするのでしょうか」

「お前さん、柄にもなく細かい男だな。そんなのはどっちでもいいじゃねえか。町方は拷問するのに手続きが要るが、儂らは勝手だ。直ぐにも責めたければ儂らがやってもよいし、そちらがやると言うのであれば奉行所に出向こうじゃねえか。儂は知っての通り融通の利く男だ。それが後ろに付いているんだから、あまり堅く考えなくてもいいぜ」

「それでよろしいのですか」

「よろしいも、よろしくねえもねえ。ある程度ぎくしゃくするのは覚悟の上で、やってみようじゃねえか。お前さんとは馴染《なじみ》の藤治郎を小平太に付けるゆえ、何かの時は藤治郎に話してくれ。それでよいかな」

力を合わせて、と言ったのは己であった。今更引けなかった。仕方なく軍兵衛は頷いた。

「小平太も、よいな。軍兵衛の言うことに逆らうんじゃねえぞ」

樋山が口の中で呟きながら、微かに頷いた。やはりこの者も不満なのだ。

だが、不満が残ろうが、それは軍兵衛の知ったことではなかった。

それよりも問題は、島村恭介に何と言って話すか、であった。うまうまと乗せられて力を合わせることになりました、とでも言えばよいのだろうか。

頭を抱えたかったが、そんな姿は意地でも見せられなかった。軍兵衛は、酒を飲み、刺し身を食らい、梅干しの煮物の出来を改めて褒《ほ》めた。

三

十一月十二日。六ツ半（午前七時）。

いつも通りの刻限に髪結《喜世床《きよどこ》》の主《あるじ》・清吉《せいきち》が組屋敷に現われた。町奉行所の与力と同心は、毎日訪れる髪結に、髷《まげ》を結い、髭《ひげ》と月代《さかやき》を当たってもらっていた。これを日髪日剃《ひがみひぞ》りと言う。

幕府は、髪結に税の免除と引き換えに、町屋の者と接する与力同心の日髪日剃りと、奉行所に近い火事の時は、直《ただ》ちに奉行所に駆け付け、書類の運び出しと保管を義務付けていた。

髪結床はまた、町屋の者の溜《た》まり場でもあった。そのせいか、髪結は町屋の者の噂《うわさ》をよく知っていた。日髪日剃りは、髪結から情報を得る場でもあったのである。

きつく元結を結んでもらい、軍兵衛はようやく眠気が去って行くのを感じた。

昨夜は組屋敷に戻ってから、栄と蕗の墓参の一件をどうするかで話し込んでしまったのだ。

結局、明日の十三日一日島村家から宿下がりさせてもらい、栄が蕗を連れて墓参に行くことになった。蕗の二親《ふた》の墓は、黒鍬の組屋敷に近い駒込《こまごめ》の白山《はくさん》神社と江戸五色不動のひとつ、目赤《めあか》不動の中程にあった。

組屋敷内のことならいざ知らず、駒込までの外出なので、新六を一日見張りから外し、供に付けることにした。見張り所には千吉と佐平と己が詰めれば、恐らく足りる、と踏んだのだ。

それを千吉と新六に告げるためと、貞七に動きがなかったかを訊くために、軍兵衛は奉行所に着くと挨拶《あいさつ》もそこそこに、栄に作らせた朝餉と昼餉の握り飯を詰めた重箱を持って忍町の見張り所に向かった。

貞七には、何の動きもなかった。火盗改方の樋山が見張ると言ったのと、万治が貞七の合図を待っていると思われることなどから、町方としては万治の長屋には見張りを付けていなかったが、万治が旅籠《但馬屋》を訪れた形跡はなかった。まだ鳴りをひそめているのだろう。

軍兵衛は奉行所に戻ることにした。昨夜の火盗改方からの申し出を、島村恭介に知らせねばならなかった。

――で、其の方が勝手に答えたのか、儂に何の相談もなく？　いつから、そのようにお偉くなられたのだ？

以前、取り調べのことで松田善左衛門から受けた申し出を軍兵衛が己一人の裁量で受けてしまった時に、島村から言われた皮肉だった。

仕方ねえ。また耳を塞《ふさ》いでいるか、と腹を括《くく》って奉行所の門を潜り、玄関に入ると、受付の当番方同心が、

「島村様が詰所でお待ちです」と、何を仕出かしたのだとでも言いたそうな顔をして言った。「戻ったら、直ちに顔を出すようにとのことです」

「ありがとよ」

年番方の詰所に行くと、聞いたぞ、と島村が言った。栄が奥様に蕗の墓参を明日にしたいと申し出に行ったのを聞いた、と言うのだ。

「御用と言うのは、それで？」顔の筋肉が緩《ゆる》んだらしい。

「他にあるのか。さては、火伏せが一件か」島村が眼を大きく見開いた。

「私も聞きたいのですが、よろしいですかな？」内与力の三枝幹之進であった。

「様子を伺いに来たのですが、丁度よい折だったようですな」

言いながらふたりの脇正面に腰を下ろした。

好ましい状況ではなかったが、逃げ場はなかった。軍兵衛は、昨夜の一件を順を追って話した。凝っと聞いていた島村が、

「松田様のご気性は存じておる」と言って、軍兵衛を睨《にら》み付けた。「御先手組《おさきてぐみ》の長官であるにも拘《かか》わらず、そのざっくばらんなお振舞い、学ぶところは多々ある。しかし、だ。何ゆえ、いつも儂の頭越しに、同心の其の方と密約を結ぶのだ。其の方も其の方だ。何ゆえ、私の一存では決められません、と答えぬのだ」

答えたが聞いてもらえなかったのだ、と正直に言って畏《かしこ》まった。島村には、竹之介の元服に蕗の墓参と、頼み事を聞いてもらっている弱みがあった。

「相分かった。恐らくはその通りであろう。だが、其の方の口から必ず伝えてお

け。次の時は、年番方に言うように、となと申す？」

「承知つかまつりました」

「折があらば、儂の口からも、その火盗改方の同心には言うつもりだが、名は何と申す？」

「樋山小平太でございます」

「人となりは？」

「何と申しますか、どうも私とは反りが合いそうもない奴でして」

「それだけでは分からぬ。どのように反りが合わぬのだ。まさか、ただ虫が好かぬとでも言うのではなかろうな？」

「まさか……」

とは答えたものの、口籠《くちごも》ってしまった。軍兵衛にしても、樋山小平太のどこがどう、というのではなかった。

「ちと尋ねるが」島村が言った。「其の方の場合、気に入りを探す方が難しいのではないか」

三枝が、面白そうに島村と軍兵衛の顔を見比べている。

「何を仰しゃいます。私は人の美点を探すよう努めております」

「戯言《ざれごと》を申すな。どうも其の方の判断には予断《よだん》が入り過ぎているような気がしてならぬ。誰かおるか」

隣室に控えている年番方の同心に、素早く書いた紙片を渡し、例繰方《れいくりかた》の宮脇信左衛門を呼ぶように命じた。

「何を命じられたのですかな」三枝が島村に訊いた。

「火盗改方の樋山小平太なるものがどのような者なのか、概要《あらまし》だけでも知ろうと思うたまでのことです」

「分かるのですか」

「これは、宮脇の発案で始めたことなのですが……」

御先手組に属する与力同心の名簿に、町奉行所の内役外役の与力同心が作成した調書《しらべがき》などから火盗改方の情報を拾《ひろ》い上げ、転記したものなのだ、と島村が得意げに説明した。

「手間が掛かっておりますな」

「まさに」

大きく頷き、島村が更に言葉を足そうとしているところに宮脇が来た。

迎え入れた島村が、早速樋山について尋ねた。

お役に立つかどうか分かりませんが、と前置きし、宮脇が紙縒《こよ》りで綴《と》じてある火盗改方の名簿を開いた。

「樋山小平太。御先手弓組《ゆみぐみ》二番組同心。組屋敷は四ッ谷伊賀町《いがまち》。延享《えんきょう》二年（一七四五）生まれ、三十二歳。妻子の有無や剣の腕は不明とございます。町方絡みの捕物で、こちらの印象に残るような派手な動きをしたことは特にございませんが、火盗改方の捕物では可成《かなり》の働きをしているようでございます。牢屋同心の調書にも、そのように記されております」

「他には？」島村が訊いた。

「備考がございます。樋山は小者を使っておりますな。岡っ引の梅吉《うめきち》なる者で、この者と密に動いていると思われます」

「そいつは、上野寛永寺辺りから三ノ輪《みのわ》一帯を縄張りにしている梅吉のことか」

「ご存じなのですか」宮脇が軍兵衛に訊いた。

「何度か手伝ってもらったことがあった」

ひとつは、強請《ゆすり》を稼業《かぎょう》としていたノスリの市兵衛《いちべえ》殺しの時だった。前屈みになると腹が苦しいのか、顔を顰《しか》めていたが、心配りの利く出来た岡っ引だった。

「しかし」と言って軍兵衛は、島村と三枝を見た。「岡っ引を使うとなると、金が要りますな」

火盗改方の同心は三十俵二人扶持《ぶち》。町方同心と同額だが、町方はこれに三両から十両の役料と付届《つけとどけ》という余禄《よろく》があった。だが、火盗改方の同心にはない。岡っ引に与える褒美はないと言っていいだろう。にも拘わらず、顎《あご》で使い、使われる。真似《まね》の出来ることではなかった。樋山と梅吉の顔を、見直しながら思い返した。

「人望で使っているのであろうか」島村が訊いた。

楽しい問いではなかったが、問われた以上答えなければならない。

「ふたりにどのような繫《つな》がりがあるのか知らぬので、私には分かり兼ねますが」

「軍兵衛、其の方なら人望だけで何人集まる?」

「十人か二十人くらいでしょうか」

ふん、と鼻を鳴らして島村が横を向くと、三枝が苛立《いらだ》った声で割って入って来た。

「火盗改とはともに動くと言う訳か。いつになったら、私を呼んでくれるのだ?」

「まだです。まだ見張りの段階ですので」

「私を呼ばぬつもりではあるまいな?」

「まさか」そうだとは言えない。

「だとよいのだが」三枝は、軍兵衛の顔を覗くと突然、私が嫌いか、と訊いた。

予期せぬ一撃であった。島村と宮脇が、動きを止めて軍兵衛を見た。

「いいえ、そのようなことは……」思わず答えた。

「では、飲もう」

「はっ……?」

「嫌いでないのなら、よいではないか。それとも断る理由《わけ》でもあるのか」

島村と宮脇が成り行きに聞き耳を立てている。

「承知いたしました」

「では、暮れ六ツ(午後六時)はどうだ?」

「結構でしょう」

「どうしたらよい。ここか、それともどこぞで落ち合うか」

奉行所から並んで出掛ける。想像しただけで、鳥肌が立った。見張り所に出向いたりしなければならないので、と外で会うことにした。《瓢酒屋《ひさご》》のことを思い出した。七十になろうかという老人がひとりで切り盛りしている煮売り酒屋だった。酒代が少々高めなことと、入れ込みではなく、当時は下品であり、不粋《ぶすい》と言われていた明樽《あきだる》に腰を下ろし、木の台に出された酒と肴を摘むという商いの仕方が嫌われたのだろう、客の入りは悪かった。しかし、肴は極上に美味かった。

暫く通い、酒の友も出来たのだが、役目からその友を斬ることになり、ために足が遠退《とおの》いていたのだった。

「長浜町《ながはまちょう》の稲荷脇に……」

三枝に《瓢酒屋》の場所を教えた。

四

年番方与力の詰所から解放された宮脇信左衛門が、例繰方の詰所に戻った頃――。

樋山小平太と岡っ引・鬼の梅吉、そしてふたりの下っ引が万治の後を尾けていた。

《紫陽花長屋》を出た万治は、蕎麦切りと酒で小腹を満たすと、神田川沿いにぶらぶらと歩き、牛込《うしごめ》御門のところで折れ、神楽坂《かぐらざか》を上った。町屋と寺社が軒を連ねた向こうに赤城《あかぎ》明神があった。明神の側の水茶屋には、「赤城の山猫」と呼ばれる娼婦どもがいることで知られていた。

「野郎、お天道様《てんとさま》が高いうちから遊ぼうって寸法ですかね」梅吉が、呆《あき》れ顔をして見せた。

「だから、盗っ人しか出来ない身体になってしまうのだろうな」樋山小平太が答えた。

一軒の水茶屋に入った万治が肩を落として出て来た。どうやら目当ての女が裏に設けた座敷で客を取ってしまっているらしい。

万治は迷うような素振りを見せていたが、神田川のほとりに下ると、そのままぶらぶらと川沿いの道を湯島の聖堂の方へ歩き始めた。

途中で甘酒を啜《すす》り、神田明神下に出た万治は、吸い込まれるようにして矢場に入って行った。丸い標的の描かれている油障子を開けた途端《とたん》、矢取り女の嬌声《きょうせい》が尾けている樋山や梅吉らのところまで聞こえて来た。

「女しか頭にねえんですかね」梅吉が呟くように言った。

「金の入る当てがあるから遊べるんだ。筋としては、悪くないではないか。我慢だ」

樋山が金壺眼を糸のように細くした。笑ったのだ。

「へい」

万治は矢取り女と遊んだらしく、一刻程して脇の路地から姿を現わした。

まだ遊び足りないのか、万治の足の運びが鈍《にぶ》い。どこに行くか、決めかねているのだろう。

駄目だな、と樋山が梅吉に言った。今日は、暇潰《ひまつぶ》しの一日のようだな。

万治は、昌平橋まで下ると橋を南に渡り、八辻ヶ原《やつじがはら》に出た。

そこで突然足を止めると、銜《くわ》えていた楊枝《ようじ》を吐き捨て、凝っと一組の男女を見ている。

男は二十代、女は三十くらいか。女には、どこか遊び慣れた風情《ふぜい》があった。

「何を見ていやがるんだ？」梅吉が、万治の視線を追った。「あのふたりですかね」

樋山は答えようともせず、万治と男女を見比べている。男と女が、辻番所の角を右に曲がった。万治が左手で裾《すそ》を摘むと、跳ねるようにして後を尾け始めた。

「行くぜ」樋山が梅吉に言い、梅吉が子分の丑《うし》と駒市《こまいち》に言った。

万治が連雀町《れんじやくちよう》の通りに入って行った。

見逃すもんじゃねえぜ。万治の目が、男と女の後ろ姿を捉えた。

男が女に何か囁《ささや》き掛けている。女が、聞き返すような仕種《しぐさ》をして、笑った。

男は福次郎、女は光であった。

福次郎が光に丑紅を買ってから五日になる。二日前の昼は、永代橋《えいたいばし》を渡って富《とみが》岡《おか》八幡宮に参拝に出掛け、この日は足を延ばして神田川を越え、神田明神と湯島天神を巡り、田楽茶屋に立ち寄っての帰りだった。

万治に尾けられているとも知らず、ふたりは竜閑橋から一石橋《いちこくばし》を渡ったところで東に折れ、八丁堀を通り過ぎ、霊岸島に続く霊岸橋のたもとで別れた。男は亀《かめ》島町《じまちょう》の河岸通りを南に行き、女は島に渡った。万治は迷わず女の後を追っている。

「丑、てめえは野郎の後を尾けろ」

下っ引のひとりが福次郎が去った河岸《かし》通りを急いだ。

樋山と梅吉と駒市は、女と万治を追った。女はそのまま東に下ると大川端町の煮売り酒屋《りハ》の縄暖簾を潜った。間もなくして脇の路地から水桶を持って出て来たところから、《りハ》で働いているのだと知れた。

万治は、遠巻きに《りハ》を見回すと、背を丸めて立ち去って行った。樋山が梅吉に頷いて見せた。

「無理するな。気付かれそうになったら、止《や》めろ」梅吉が駒市に言った。

「何かあった時は、俺の名を出すのだぞ」樋山が言った。

「心得ておりやす」

「よしっ」

駒市が、万治と十分な間合を取ってから駆け出した。

「では我々も、あの女が何者か、調べに行くか。咽喉も渇いたしな」

「顔を見せても大丈夫でしょうか」

「火伏せの一味ではなさそうだからな」

万治は八辻ヶ原で男と女を見掛けた時、暫く凝っと見ていた。あれは、女が誰だったかを思い出していたからに違いない、と樋山は梅吉に言った。そうだとすると、一味の者ではないことになる。

「旦那の勘に狂いがねえのは存じておりやすが、近くで見て確かめやしょう」

「近くで見れば分かるのか」

「鬼と呼ばれたあっしでございやすぜ」

「言い出した身で何だが、丑と駒市に済まぬな」

「お気遣いは無用でございます」

「では、参るか」

樋山と梅吉は、通りを横切ると《り八》の障子を開けた。


丑は、霊岸橋の西詰にある表《おもて》南《みなみ》茅《かや》場町《ばちょう》の一角で福次郎を見失っていた。福次郎に尾行から逃れようという了見があった訳ではない。たまたま路地の奥を顔見知りが通ったので、後を追ったに過ぎなかった。

しかし、丑にとっては、失態であった。撒《ま》かれましたでは、親分の信頼を裏切ることになるし、親分の顔に泥を塗ることにもなる。

半泣きになりながら、丑は河岸通りを歩き回った。

その頃駒市は、万治を尾けて、溜池を見ながら四ッ谷方向へと向かっていた。この向きならば、行く先の見当《けんとう》はついた。貞七の泊まっている旅籠《但馬屋》と思われた。

万治にしても、この刻限に貞七が旅籠にいるとは思えなかったが、他に居場所らしいところは知らなかった。貞七に会いたければ、《但馬屋》に行くしかなかった。しかし、それは禁じられていた。押し込みの日が迫り、隠れ家に集まれという命《めい》が長五郎から発せられた時は、旅籠の軒の下に菅笠《すげがさ》を吊るしておく。何か困ったことが起きたとしても、なるべく己ひとりの力で片を付け、それでも手に余った時のみ、貞七を訪ねてもよい。それ以外の時は貞七を訪ねるのを控えるように、と言われていた。それが火伏せの長五郎の遣り方だった。

万治は旅籠の女中に小銭を摑《つか》ませ、貞七への文《ふみ》を頼むと、十間（約十八メートル）程離れた物陰に隠れた。

「あの野郎、何をしていやがるんだ？」

万治の動きに気付いたのは、足袋股引所《山口屋》の二階に設けられた見張り所に詰めていた岡っ引・小網町の千吉の子分・佐平だった。

「親分、見てやっておくんなさい」

佐平に促されて千吉が覗き、万治の背後にいる駒市に気が付いた。

「旦那、もうひとりおりやす」

窓辺に呼ばれた軍兵衛が、土屋藤治郎を手招きした。

「あいつは、梅吉の手の者でしたね」

「そうです。駒市です」

連れて来い。軍兵衛が佐平に言った。ぐるりと迂回《うかい》して佐平が駒市を伴って来た。土屋と軍兵衛の姿を見て、駒市が頭を下げた。

「どうなっているのか、話しちゃくれねえか」

軍兵衛の問いに、駒市が八辻ヶ原からの経緯を詳しく述べた。

「成程な。お蔭で成り行きが飲み込めた」

「樋山の旦那と組まれたとお聞きしました。よろしくお願いいたします」

「こっちこそ頼むぜ」

軍兵衛は金壺眼を思い出しながら、昼餉用にと持ち込んだ重箱をぐいと駒市の膝許に押した。朝餉用は空《から》になっていたが、こちらの重箱には握り飯と煮物が詰まっていた。

「まだ食い散らかしちゃいねえ。箸を付けてくれねえか」

遠慮しようと手を横に振った駒市の腹が、ぐうと鳴った。

「私も頂戴する。一緒に食べよう」土屋が気遣いを見せた。

間もなくして、旅籠から貞七が姿を現わした。気付いた万治が、慌てて半身を晒《さら》した。素早く四囲を見回した貞七が鋭《するど》い目付きをして、万治を押し戻すようにして物陰に入った。

貞七に問われ、万治が賢明に話している。凝っと聞いていた貞七が、ほんの数瞬考えた後、何やら指示を与えている。
「何があったんでしょう？」千吉が訊いた。
軍兵衛にも分からなかった。しかし、何かが動き始めたことだけは確かだった。

五

長浜町の《瓢酒屋》に着いたのは、約束の刻限丁度であった。遅参したくらいで頭を下げるのは業腹《ごうはら》だったので、見張り所からの道を急いだのだ。ふうと息を吐き出して呼気を整えていると、黒い影が近付いて来た。三枝幹之進だった。やはり、たとえ些細《ささい》なことでも詫びを言いたくなかったのだろう。
同じ思いでいたのだと気付いたのか、三枝の鼻の脇に皺《しわ》が走った。嫌な顔だ。一緒になんぞ飲みたくなかったが、これも成り行きだった。《瓢酒屋》には縄暖簾も提灯もなければ、腰高《こしだか》障子に屋号を記してもいなかった。それでは煮売り酒屋だと分からないから、と《瓢酒屋》と書いた瓢箪《ひょうたん》を軒に吊るしたそうなのだが、効果はなかったようだ。

だが軍兵衛にとっては、客の入りの悪さが、逆に心地よかった。髷と身形《みなり》で八丁堀の同心だと直ぐ分かってしまうので、立て込んでいる煮売り酒屋では気兼ねして飲まねばならないからだ。

《瓢酒屋》に入った。内部の造りは一年前のままだった。

七十になろうかという主がひとりで包丁を握っているところも、変わっていない。主が軍兵衛を見て、一瞬手の動きを止め、頭を下げた。

「久しいな」

「お見えになられるような気がしておりました」

「そうかい。あの焼柿は美味かったな」

「学ばせていただきました」

一年前、ここで知り合った浪人・伊良弥八郎《いらやはちろう》が主に作らせた肴だった。肴と言っても、手の込んだものではない。まだ固さの残っている柿を四つ程に切り分け、炙《あぶ》っただけのものだった。皮と実の境目から泡のように汁が吹き出した頃が食べ頃で、程よい甘さが思わず笑みを誘った。

その伊良弥八郎を、軍兵衛は役目によって斬っていた。以来、足が遠退いてしまっていたのだった。

「酒と肴を頼む。酒は熱燗《あつかん》でな」

「へい」

「私は冷やにしてくれ」三枝が言った。「温めたものは好まぬ」

「……へい」

主はふたりの客を交互に見詰めると、樽の酒を片口に移し、ふたつの銚釐《ちろり》に注ぎ分けた。銚釐のひとつが湯を満たした鍋に沈められた。

「外でよく飲むのか」

「手の者の慰労がありますので」

「ここへは、連れて来ないのか」

久しいな、の一言を聞き逃していない。耳をそばだてられているようで不愉快だった。

「己ひとりで楽しむ。そんな酒屋《ところ》も必要ですから」

「私は、そんな酒屋《の》ばかりだ……」

お前なんかと一緒に飲む奴がいてたまるか、と思う反面、心を覗かせた三枝に僅かに己の心が揺さぶられるのを感じた。

酒と肴が来た。ふたりはそれぞれの銚釐を手に取った。初めから手酌になった。

肴を見た三枝が、主を呼んだ。肴は、干瓢《かんぴょう》と油揚げを醤油と味醂《みりん》と砂糖で煮、卵で綴《と》じたものだった。

「済まぬが、卵は食せぬのだ。違うものと替えてくれぬか」

「嫌いなのですか」軍兵衛が訊いた。

「いや、卵は口の奢《おご》りと思うておるのでな」

「他に何か、お召し上がりにならないものはございますか」主が訊いた。

「葱鮪《ねぎま》は食わぬ。納豆もな」

「葱鮪も納豆も奢りではないでしょう」

「嫌いなのだ」

「では、いつも何を食べておられるのです？」軍兵衛が訊いた。主も、三枝が答えるのを待っている。

「豆腐とか、魚であろうか」

「そんなものばかりでは、八百八町は駆け回れませんな」

「私は、駆け回る必要などないではないか」

「捕物は足でするものです。見たいのなら、走ってもらわなければならなくなるかと思いますが」

「それくらいは鍛えてある」

その時になって、三枝の剣の腕がどれ程なのか、初めて気になった。

額を見た。面胼胝《だこ》はない。掌は見えないが、手の甲や腕は見えた。がっしりとして、骨太であった。

なまくらではない。稽古《けいこ》を積んでいることは分かったが、その先は立ち合ってみなければ分からない。

主が胡麻《ごま》油を使って何かを焼いている。焼き上げたものに醬油を掛けたらしい。醬油の焦げる香ばしいにおいが胡麻油の香りと交《ま》ざり合い、広がった。

「蓮根《れんこん》を焼いてみました」

分厚く切った蓮根の上には、山葵《わさび》がのっていた。

一口嚙《か》み切った。蓮根が糸を引いた。その糸の腰の強さに思わず、目を見合わせた。

「美味いな」軍兵衛が主に言った。

「蓮根というのも、まあ悪くないものだな」三枝が言った。

どうして素直に美味いと言えないのだ。苛立ちが、軍兵衛の箍《たが》を緩めた。

「何流をお遣いか、お聞かせ下さいませんか」

「知ってどうする？」

「別に」

「隠す必要もないので教えてやろう。関口《せきぐち》派一刀流だ」

「本所相生町《ほんじょあいおいちょう》にある？」

「そうだ」

雲軒《うんけん》関口太郎左衛門《たろうざえもん》が興《おこ》した一刀流で、厳しい稽古で知られた道場だった。弟子の数も、数百を数える大所帯であった。

同じ一刀流でも、軍兵衛や周次郎が通っていた如月派一刀流とは、格が一段も二段も違っている。軍兵衛は鼻白むものを覚えてしまった。

「訊かれたので、こちらも訊くが、何流を遣うのだ？」

一刀流と言ってもよかったが、如月派について何か言われるのも癪《しやく》だったので、六浦自然流とだけ答えた。

「……済まぬが、知らんな。道場はどこにあるのだ？」

「住吉町。お分かりですか」

「竈河岸《へっついがし》の裏であろう。道場があったとは、気付かなかったな」

決めた。心を閉ざすことにした。

銚釐の酒を飲み干しながら、千吉に刻限を告げ、迎えに来させるのだった、と悔いた。

「嫌いか」と突然、三枝が訊いた。

「嫌いだ」軍兵衛は答えた。勢いだった。「私を」三枝にどう思われようと、知ったことではない。

「そうか。私は誰からも嫌われる。ただ皆は、表面《おもてづら》は毛程の素振りも見せないでいるが、鷲津軍兵衛、其の方だけはあからさまに嫌ってくれた。それがいっそ心地よかった」

「それで飲もうと思ったのですか」

「私は捻《ね》じ曲《ま》がっていると、剣の師に言われた。剣は正直だな。すべて出てしまう」

「帰りますか」

「そうだな。これ以上飲んでも酔えそうにもないからな」

誘ったのだから代金を払うと言う三枝の目の前に、一朱金を置いた。

「奢られるのは嫌か」

「借りを作るのは嫌いでして」

「分かった」

三枝は一朱金を手に取ると、ぽんと主に放った。

取っておけ。話が弾んだ礼だ。

主が、軍兵衛を見た。

「また来るぜ。今度はひとりでな」

「其の方、誰かに恨《うら》まれてはおらぬか」

《瓢酒屋》を出たところで、三枝が訊いた。

喧嘩《けんか》を売ろうとしているのかと疑ったが、そうとも見えない。真面目《まじめ》に訊いているらしい。

「悪い奴を沢山捕えておりますから、逆恨《さか》みする者もいるでしょうな」

答えた上で、改めて尋ねた訳を訊いた。

「《瓢酒屋《ひさご》》を出た時に、誰かに見られているような気がしたのだ。私かと思ったが、恨まれる覚えはないのでな」

提灯を掲げて四囲を見回したが、それらしい影は見えなかった。

「気のせいでしょう」

しかし、歩き始めて間もなく、尾けられている気配を感じた。ひとりではない。人数を数えた。少なくとも四、五人はいた。

「どうだ、大当たりではないか」三枝が嬉しそうに言った。

「奴どもの狙《ねら》いは、恐らく私でしょう。離れて下さい」

「恐らくではない。其の方に決まっているが、ここで見捨てたとあっては、寝覚めがよくないのでな。もう少しともに行こう」

魚河岸の方へと尾けて来る者を誘った。朝の早い魚河岸は人通りが絶えており、魚を商う葦簀《よしず》張りの小店が点々とうずくまっていた。

ふたつの影が、それらの店の裏を走り抜けて行った。先回りしようとしているのだ。

正面をふたつの人影が塞《ふさ》いだ。浪人と町屋の者だった。振り返ると、後方には三人の浪人が横一列に並んでいた。逃げ道を断ったつもりなのだろう。

「やい、八丁堀、俺を忘れちゃいめえな」

町人姿の者が叫んだ。

軍兵衛は提灯を横に倒し、火袋に火を点けてから男の足許に放った。

提灯が燃え上がり、男の顔を照らした。

「てめえは」

赤頭の三兄弟の三男・吉三郎だった。

「よく出て来た。探す手間が省《はぶ》けたぞ」

「大口を叩くのもそこまでだ。覚悟しろい、八丁堀」吉三郎が片袖をたくし上げた。

「あの同心か」吉三郎の隣にいる浪人が吉三郎に訊いた。

「間違いなくあいつで」

「よくも卑怯《ひきょう》な手で弟を捕えてくれたな」

「弟と言われても、覚えがない」

「これだ」

燃え尽きようとしている提灯の灯が、浪人の腰の赤鞘《あかさや》を照らし出した。

九日前の夜、吉三郎らとともにいた浪人を思い出した。赤鞘であった。

「兄弟お揃いか、仲良しだな」

「足を狙い、動けなくなったところを打ち据えたと聞いた。相違ないな?」

「その通りだ」

「実《まこと》か。足を狙ったのか」三枝の口から唾《つば》が飛んだ。

軍兵衛は三枝を制しながら浪人に訊いた。

「敵討《かたきう》ちでもしようってのか」

「真面《まとも》な立ち合いを教えてやるだけだ」

「面白《おもしれ》え。真面な立ち合いが、ひとりに五人掛かりとは笑わせるじゃねえか」

「ほざけ」吉三郎が、叫んだ。「先生、やりますぜ」

赤鞘が頷いたのを見て、横一列に並んでいた三人が太刀を抜き払った。

「こっちは、任せろ」

言うや、三枝の腰が一瞬沈み、次いで跳ね上がるようにして刀を抜くと浪人どもに躍《おど》り掛かって行った。

「弟とは、ちいとばかり腕が違うでな。膾《なます》に刻んでやるから、そう思え」

「遠吠えは見苦しいぜ」

赤鞘が顔を歪《ゆが》めた。形相《ぎょうそう》が変わっている。剣を抜いた。合わせて軍兵衛も抜き払った。

赤鞘は歯の隙間《すきま》から息を吐くと、剣を叩き付けて来た。凄《すご》い力だった。受ける手が痺《しび》れた。跳び退る機を探る余裕はなかった。閃きで跳ぶしかない。閃きとはったりには自信があったが、上手くいくかは心許無かった。しかし、跳ぶしかなかった。

赤鞘の剣が唸《うな》った。太刀ゆきが速い。受けるだけで、攻めることが出来ない。ここで後ろに跳んだらどうなるか。力で倒されるだろう。だったら、どこに跳べばよいのだ。

赤鞘が喚《わめ》き、振り上げた剣を振り下ろして来た。受け止めた剣を、渾身《こんしん》の力を込めて押し返しながら、ぐいと前に出、赤鞘の足を思い切り踏み付けた。逃れようとする足指を踵《かかと》で捩《よじ》った。

「おのれ」

赤鞘の口の端から涎《よだれ》が噴いた。

(効いたぜ)

軍兵衛は素早く跳び退き、間合を取った。

脇の暗がりで人の倒れる音がした。軍兵衛は呼気の乱れを整えながら、三枝の様子を目の隅で窺《うかが》った。

ふたり目の浪人が、太股《ふともも》を斬り裂かれ、尻から地に落ち、呻《うめ》いている。三枝は残るひとりに滑るように近付くと、浪人の剣を払い、返す刀で胴を打った。浪人が身体をくの字に折って、頽《くずお》れた。

三枝は、胴を打つ瞬間、剣を握り返し、峰で打っていた。恐らく浪人は峰で打たれたことに気付いていないだろう。息を吹き返すまで、死んだものと思い込んでいるに違いない。

「遣うとは思いましたが、大した腕ですな」

軍兵衛は赤鞘との間合を保ちながら言った。

「いやいや、久し振りに刀を抜いたので、むきになってしまった」

しっかりと血止めをせいよ。三枝は呻き声を上げている浪人に言うと、

「どうだ。そいつも私にくれぬか」と赤鞘を剣で指した。

「こいつは何とかしますから、吉三郎を頼みます」

吉三郎が、ぎょっとして、後退りをした。

「ということだ。観念せい」

三枝は背を見せて走り出そうとした吉三郎に、裂帛《れっぱく》の気合を投げ付けた。足が竦《すく》んで動けなくなった吉三郎の肩口を、駆け寄った三枝の太刀がしたたかに打ち据えた。

白目を剝《む》いて倒れた吉三郎を、軍兵衛が顔を振って指した。

「てめえの弟と同じだ。ああやって伸びちまった」

「斬る」赤鞘が吐き捨てるように言った。

「…………」

赤鞘の切っ先がすっ、と糸を引くように下がった。弟が誘いを掛けた太刀筋と同じだった。

弟は、踏み込もうとした軍兵衛の剣を弾《はじ》き上げ、返す刀を稲妻のように斬り下げて来た。

もう一歩深く踏み込んでいたら右腕を斬り落とされていただろう。

どうすりゃいいんだ？　進退窮《きわ》まったか。

「おい、赤鞘」と三枝が、脇から声を掛けた。緊張感のない、人を小馬鹿にしたような物言いだった。

「お前は悪《わる》なんだから、せめて返事くらいせんか」

「…………」

「太刀ゆきの異様な速さ。誘うような下段の構え。古泉《こいずみ》流だな」

「何ですか、それは？」軍兵衛が、右に回り込みながら訊いた。

「古泉某《なにがし》が興した流派でな、《龍神《りゅうじん》の太刀》とか言う秘太刀があるそうだ」

「立ち合ったことは？」

「ない」

「見たことは？」

「場末の道場で、一度だけだがな」

「役に立ちそうもないですな」

「そう言うな。相手が何流か分かっただけでも、戦い易いであろうが」

「古泉流なのか」軍兵衛が赤鞘に訊いた。

「うるさい」

「図星《ずぼし》のようですな」軍兵衛が言った。

「代われ。一度古泉流と立ち合《お》うてみたかったのだ」

「冗談じゃありませんよ。敵《かたき》呼ばわりされてるのは、この俺なんですよ」

　痺れを切らした赤鞘が、下段に構えたまま、じりと詰めて来た。軍兵衛は正眼から切っ先をやや下げながら、後退した。赤鞘は、勝つためには太刀を振り上げねばならない。そこを狙い澄まし、必殺の突きを入れ、躱《かわ》されたと見たら、横に跳ぶ。それだけ考えての、後退だった。

「それでは《龍神の太刀》には勝てぬぞ。勝ちたいのならば、上段だ。打ち下ろすのは片手でも出来るが、斬り上げるには両手の力が必要だ。剣は半身片手の方が伸びる。分かったか」

成程と思いはしたが、素直に答える程練れてはいない。善くも悪くも、それがこの俺、鷲津軍兵衛だった。

「いちいちごちゃごちゃとうるさい御方ですな」

言いながら太刀を上段に構えた。

「そのような浅知恵で《龍神の太刀》を躱せるかな」

大きく一歩踏み出した赤鞘の剣が、地から跳ね上がった。それに合わせ、軍兵衛の太刀が一筋の光となって垂直に落ちた。火花が散り、焦げ臭いにおいを残して、軍兵衛の太刀が撥《は》ね飛ばされた。

見たか。赤鞘の口が、微《かす》かに動き、振り上げた剣を軍兵衛に叩き付けた。だが、振り下ろしたところに軍兵衛はいなかった。剣を弾き飛ばされると同時に、赤鞘の懐に飛び込み、脇差で胴を掻《か》き斬っていた。

「初手から、太刀は捨てる気だったのか……」赤鞘が血の塊《かたまり》を吐き出しながら問うた。

「言い忘れていたが、それが俺の秘太刀なんだよ」

「汚《きたね》え。剣を捨てるなんざ、兵法ではない……」赤鞘が膝から地に落ちた。

赤鞘の口と腹から噴き出した血が、流れ行く方向を探っている。

「軍兵衛、ちと尋ねる」三枝が、足許の血を避けながら言った。「其の方、一刀流を齧《かじ》っているであろう？」

「分かりましたか」

「誰に習った？　道場は？」

軍兵衛が師の名と流派を告げた。

「如月派だと？　知らぬな。聞いたこともない。実《まこと》の話か」

駄目だ、こいつは。軍兵衛は口を閉ざし、三枝に背を向けた。こいつとは、絶対に分かり合えねえ。

異変に気付いた者がいたらしい。何か喚きながら自身番の方へと駆けて行く。

知らせる手間が省けた。軍兵衛は、弾き飛ばされた太刀を拾い上げ、鞘に戻すと、吉三郎の尻を蹴《け》った。

「起きろ。いつまで寝てる気だ」

第四章　雨燕《あまつばめ》のお紋《もん》

一

十一月十三日。

鷲津軍兵衛は、奉行所に出仕《しゅつし》した足で佐平を供に、四ッ谷忍町にある足袋《たび》股引《ももひき》所《山口屋》の二階に設けた見張り所に急いだ。見張り所には火盗 改 方《かとうあらためかた》の土屋藤治郎と千吉が前夜から詰め、旅籠《はたご》《但馬屋》に泊まっている貞七の動きを監視していた。

千吉に代わって佐平が細く開けた障子《しょうじ》窓に額《ひたい》を寄せた時、貞七が旅籠の番頭や女中に送られて通りに出て来た。

「野郎、出掛けますぜ」佐平が声を押し殺して言った。

茶を啜《すす》っていた三人が立ち上がった。

「四ッ谷御門の方です」

「あっしが先に立ちやす。旦那《だんな》方は後から付いて来ておくんなさい」

千吉が階段を滑るように降り、裏口へと抜けた。

「御免なすって」

階段の上がり端《はな》で、佐平が軍兵衛と土屋の間を擦り抜けた。

「張り切ってますな」

「好きで入った道ですからね」

その最初の捕物で、佐平は土屋に命の危機を救われていた。

「生きるってのは面白いですな。思わぬ巡り合わせがありますからな」

「土屋さん」あんたはいい人だ、と言い掛けて、軍兵衛は違うことを口にした。

「置いてかれますよ。急ぎましょう」

雪駄《せった》を突っ掛け裏口から飛び出すと、佐平がこっちだと言うように手を振り、表通りに抜ける角口から消えた。

貞七から二十間（約三十六メートル）離れて千吉が、更《さら》に間を空けて佐平が、その後ろに軍兵衛と土屋が続いた。一本道である。見通しが利《き》いた。

貞七は江戸見物に来た商人を装い、時折通りからお店《たな》を覗《のぞ》くような仕種《しぐさ》を見せながら歩いている。

「誰かと会うのでしょうか」土屋が言った。

「昨日、万治が貞七に何を知らせたかによるが、ことによると隠れ家に連れてってくれるかもしれねえぞ」

「あり得ますね」土屋の顔が引き締まった。火盗改方の顔になっている。

「鬼が出るか蛇《じゃ》が出るか、着いてのお楽しみだな」

「はい」土屋の足が急に速くなった。

「おいおい」軍兵衛は土屋の背に呼び掛けながら、遥《はる》か前方の貞七を見詰めた。

貞七は、大通りを逸《そ》れ、横町に入ると、細かく角毎《ごと》に折れた。

「どこへ行くつもりなのでしょう？」

軍兵衛は、途中から麴町十二丁目にある万治の《紫陽花長屋》に向かっているのかと思ったが、貞七は長屋には見向きもせずに足を進めている。

神田川に沿い、市ケ谷御門、牛込御門を眺め、江戸川を渡り、更に小石川御門、筋違《すじかい》御門の前を通り、新シ橋を越えた。

「一体どこまで歩くつもりなんだ」土屋の眉間《みけん》に皺《しわ》が寄った。「まさか、我々が尾《つ》けていることに気付いたのでは？」

「そりゃねえだろうよ」

気付いていたら、川沿いの一本道をひたすら歩いたりはしないだろう。それよりも、尾行を気に掛けぬような、無頓着な歩き方を気にするべきだ。貞七は、隠れ家になんぞ、行こうとはしていないのだ。

「では、どこへ？」

「着いたらしいぞ」

軍兵衛が通りの端に寄りながら言った。土屋も慌てて軍兵衛の背後に回った。

貞七は四十間（約七十三メートル）程先にある船宿に入って行った。後ろに付いていた千吉から佐平へと、順に合図が送られて来た。

「あそこは？」

「船宿だ。《鳴海屋《なるみや》》と言ってな、悪いのがよく使うところだ」

「そうですか。どうも私はこの辺《あた》りには暗くて」

土屋に付いて来るように言い、千吉と佐平の隠れている物陰まで走った。

「舟を使うかもしれねえ。佐平は舟着き場を見張ってくれ」

「承知いたしやした」佐平が離れた。

「旦那、ここにいつまでもいる訳にも参りやせん。あっしらは、どこで見張りやしょう？」

辺りを見回していた千吉が、軍兵衛を小声で呼んだ。

「何だ？」

「梅吉でございます」

千吉の目は、《鳴海屋》の向こう隣にある鰻《うなぎ》御蒲焼《上総屋《かずさや》》の軒下《のき》に向けられていた。そこに梅吉の姿があった。梅吉が二階を指さした。細く開けられた障子の隙間《すきま》から、樋山小平太の金壺眼《かなつぼまなこ》が覗いた。

「先に行ってくれ」軍兵衛が土屋に言った。

「一緒に行かないのですか」土屋が訊《き》いた。

「髷《まげ》と身形《みなり》で八丁堀だと直《す》ぐ分かっちまうから、《鳴海屋》の前は通れねえのよ。ぐるっと回って行くからな」

軍兵衛が迂回《うかい》している間に、土屋と千吉は《上総屋》に上がった。《上総屋》からは《鳴海屋》の様子も舟着き場も手に取るように分かった。

階段の上り口で待っていた千吉が、佐平を呼びやしょうか、と軍兵衛に訊いた。

「いや。これ以上動かねえ方がいいだろう」

「へい」

二階には、樋山小平太と梅吉、子分の丑と駒市がいた。そこに軍兵衛と土屋と千吉が加わったのだ。俄《にわか》に窮屈《きゅうくつ》になった。丑と駒市が、遠慮して敷居際に下がった。

「旦那」千吉が言った。「樋山の旦那たちは、万治を尾けて来たんだそうです」

「貞七と万治が会っているとなれば、火伏せもいるのでしょうか」土屋が訊いた。

「それらしい客は？」

「申し訳ありやせん。中のことは、さっぱりで」梅吉が答えた。

「万治に連れは？」

「へい。女を連れておりやした」

「女？」軍兵衛は思わず聞き返した。女とは、思ってもみなかった。

「それが、妙な具合でして」

「話してくれ」

梅吉は軍兵衛に促され、万治が昨日町で見掛けた女の後を尾けたことを話した。

「連れて来たのは、その女なんでございやす。名は光。大川端町の煮売り酒屋《り八》の酌婦《しやくふ》でして、万治の奴、《り八》の主《あるじ》から霊岸島 銀《しろがね》町《ちよう》の女の長屋《やさ》を言葉巧《たく》みに聞き出し、押し掛けて連れて来たって訳で」

「尾けて、いたんだな？」軍兵衛が尋《たず》ねた。

「一味の者ではないということであろうか。それが、何ゆえ今日はともに来たのだ？」土屋が言った。

「誰とも組まねえひとり盗っ人かどうかは分からねえが、女賊《おんなぞく》と見て間違いねえだろう。それを誘ったのかもしれねえぜ、一味に加わらねえかと」

「あの、よろしいでしょうか」敷居際にいた丑だった。

「何だ？　言ってみな」梅吉が言った。

「女ですが、ひとりではなくて男と一緒でしたので、ひとり盗っ人かどうかは……」

二十代の若い男といたところを万治に見付かったのだ、と梅吉が女を見た時のことを話した。

「ちょいと妙なのは、その男を丑が尾けたんでございますが、表南茅場町なんぞで撒《ま》かれちまったんで」

「やはり、男も堅気《かたぎ》の者ではないようですな」樋山が頷《うなず》いた。

「出て来たら、後を尾けましょうか」梅吉が訊いた。

「その方がいいだろうな。取り敢《あ》えず、今日から二、三日、俺が尾けてみよう」

軍兵衛が言った。

「私も、よろしいでしょうか」樋山が軍兵衛に訊いた。

「構わねえが、今日のところは引き続き万治を尾けてくれねえかな」

「それでは貞七は私に任せて下さい。それと見張り所に詰めるのも」土屋が軍兵衛と樋山に言った。

その頃、《鳴海屋》の二階奥の座敷では、光が貞七、万治ともうひとり、錠前破りの丙十《へいじゅう》と呼ばれる男に囲まれていた。

光は、丙十とはこれまで顔を合わせたことはなかったが、その名は耳にしたことがあった。錠前破りの腕を買われ、幾多のお頭《かしら》の許《もと》で助《す》け働きをして来た盗っ人だった。火伏せの長五郎とは相性がよいことから、既に三度も助けとして加わっていた。

「わざわざ来てもらって済まねえな。万治の奴がお前さんを見掛けたと言うんで、驚いたぜ。まさか、江戸にいようとは、思いもしなかったからな」

貞七が酒を光に勧めながら言った。光が会釈《えしゃく》して断ると、手酌で酒を注ぎ、言葉を続けた。

「十年以上前になるかな？　飯綱《いいづな》のお頭のところでお前さんに会ってから」

「そんなものでしょうか」

貞七と万治、それにもうひとりいただろうか、飯綱の友蔵《ともぞう》の許に一月《ひと》ばかり長《なが》逗留《とうりゅう》したことがあった。

「こっちに来て、どれくらいになる？」

「二年になります……」

「するってえと、飯綱のお頭が亡くなられた翌年には、もう江戸に？」

「その話は、いいじゃありませんか。あたしは、もう……」

「このお紋《もん》さんはな」と貞七が光の言葉を遮《さえぎ》って、丙十に言った。

「今はお光と名を変えているらしいが、飯綱のお頭が元気な頃には、引き込みで鳴らしていてな。それはきっちりとした仕事をしていたんだよ」

引き込みとは、賊が目星を付けたお店や寺に住み込み、金子《きんす》が大きく動く日や、蔵の鍵の隠し場所を調べたり、また錠を外して賊を引き入れることを仕事としていた。

「飯綱のお頭の下で何年くらい引き込みを?」丙十が訊いた。

「だから、足を洗ったと言ったじゃありませんか」

あたしはこれで帰らせていただきますよ。立ち上がろうとした光の肩を万治が押さえた。

「ことを荒立てちゃいけねえやな。ここは穏やかに話し合おうぜ」

「十年はやっていたよな」貞七が言った。「お前さんが仕《つか》えていたお頭は、それに値《あたい》する立派な御方だった」

飯綱のお頭はな、と貞七が丙十に言い聞かせるようにして言った。中山道の宿場や寺社を襲って稼いでいなすった。時には、血を流したこともあったが、殆《ほとん》どは朝起きたら蔵の中が空っぽだったという、水際立った仕事で名を馳《は》せていた御方だ。そのお頭が亡くなられた時、お定まりの跡目争いが起こってな。殺し合いだ。それでお紋はすっかり嫌気が差しちまったんだろうが、だけどなあ、お紋、
と貞七が光の方に身を乗り出した。

「お前さんは馴染《なじみ》が薄いだろうが、火伏せのお頭も飯綱のお頭と同じくらい出来

た御人なんだぜ。ここは、どうだい、もう一度俺たちと、あのひりひりするような毎日を送ってみたかねえか。金だって、湯水のように遣えるんだしよ」

光は首を横に振った。

「そんなつれない素振《そぶ》りをしねえでくれよ。いやな、俺たちの身内にも、引き込みの上手《うま》いのが、昔はいた。だが、運悪く駿府で御縄になっちまった。お頭も、引き込みは大事《でえじ》だ、と常々仰《おっ》しゃってる。内から助《す》ける者がいりゃあ、それだけ上手くことは運ぶ。今の身内に、いねえこともねえんだが、俺は、お前さんの腕を見込んでいるんだよ。飯綱のお頭があれ程見事な仕事をしてのけたのも、お前さんの働きがあったからこそだ。どうだ、違うかえ？　その腕をもう一度振《ふる》ってほしいんだよ。えっ、お紋さんよォ」

惹《ひ》かれるものは、あった。押し込みの日が近付いて来た時の、胸を締め付けて来る心持ちを、この三年、味わったことがなかった。心のどこかで、あの沸《わ》き立つような思いを求めているのかもしれない。だが、飯綱のお頭の墓前で、足を洗うと誓ったのだ。もう他人を泣かせて生きるのは止《や》めると決め、紋の名を捨て、生まれた時に親からもらった光に戻ったのだ。

「申し訳ありませんが……」光が、畳に額を押し付けた。

「これだけ言っても、聞き分けちゃくれねえのかい」貞七の声が僅《わず》かに尖《とが》った。

障子窓が、かたっ、と鳴った。凪《な》いでいた風が吹き始めたらしい。

「やい、お紋。下手《したて》に出ていりゃあ調子に乗りやがって」万治が声を張り上げた。

「止めねえか」貞七が窘《たしな》めた。万治は唇《くちびる》を突き出すようにして、兄ィ、と貞七に言った。

「こいつ男がいるんですよ。それも堅気の。だから、首を縦《たて》に振らねえんですよ」

万治が、光と並んで歩いていた男のことを話した。

「何をしてる奴だ？」丙十が訊いた。

「関《かか》わりないんだから、妙な詮索《せんさく》はしないでおくれ」

「言いたくねえって訳か……」丙十が絡んだ。

「止めろ」貞七が言った。「お紋の決意が堅いのは分かったが、俺たちはお前の腕に惚《ほ》れ込んでいるんだ。今はちょいと仕事を控えているんで、これ以上は言わねえが、その片が付いたら、加わっちゃくれねえかな。気が変わってくれるよう祈ってるぜ」

「何があろうと、気は変わりませんから」帰ってもよろしいでしょうか。光が貞七を睨《にら》むように見た。

どうしやす？　万治の目が貞七に尋ねた。

「お紋には、負けたよ。引き留めねえから安心しな」

「ありがとうございます」

「間違えるな。今日のところは、だ」

「………………」

「いいか、お紋、これだけははっきり覚えておけよ。俺たちゃお前のこと、諦《あきら》めねえからな」

「また顔出すからよ。いい返事を頼むぜ」万治が言った。

「失礼します」

光は座敷を出ると、階段を下り、船宿を飛び出した。風が顔を打った。寒かった。冬の町の中に、誘いの手を逃れた己が、ぽつんといた。誇らしかった。もう、二度と会わない。改めて、己に誓いながら、一刻も早くここから離れようと足を急がせた。

「あれは、使える」と貞七が、目だけを万治に向けた。「引き入れようぜ」

「承知しますかね。あれだけ、足を洗うと言い切った女が」丙十が杯を嘗《な》めながら言った。

「丙十さんは知らねえんですよ、あいつの本性を」

飯綱のお頭がお紋に付けたという二つ名を覚えているか、と貞七が万治に訊いた。

「雨燕《あまつばめ》だ。雨燕のお紋」

「本性とその二つ名に、何か繫《つな》がりがあるんですかい？」丙十が訊いた。

「雨燕ってのは、滝の裏側の岩棚や崖《がけ》にへばり付いている奴だ。四本の脚指《あしゆび》が揃《そろ》って前を向いているんで、木の枝に摑《つか》まっていられねえんだな。鳥なのに木の枝に留まれず、いつも崖っぷちにへばり付いている。そんな生き方しか出来ねえ女だ、と飯綱のお頭は見抜いていなさったのよ。だから、雨燕なんだよ」

「実際そうなんで？」万治が訊いた。

「あの器量《きりよう》だ。男出入りはあったらしいが、誰とも長続きしなかったという話だ。盗みの味が忘れられなくて、家には収まりきれねえんだろうよ」

「よく覚えておられやすね」

「今だから言うが、俺は、あのお紋にぞっこんだったことがあるんだよ。飯綱の親分の手前、言い寄れなかったけどよ」

「気付きやせんでした」

「お目出度《めでた》い奴だよ、おめえは。一緒にいたのによ」

「面目《めんもく》ねえ」万治が額をぴしゃりと叩《たた》いた。

二

軍兵衛らが、鰻御蒲焼《上総屋》の二階で、鰻を焼く香ばしいにおいに燻《いぶ》されながら《鳴海屋》の出入りを見張っていた頃、軍兵衛の妻の栄と蕗は、湯島一丁目の《桝屋《ますや》》の奥の座敷で蒲焼に舌鼓《したつづみ》を打っていた。

——女同士の話があるので、済まないけれど、これで好きなものを食べていておくれ。

お供の新六は、店の小上がりで食べるように、と言われた。その方が気詰まりでなく、新六には嬉《うれ》しかった。栄は一分金を握らせてくれた。

蕎麦が十六文に対して蒲焼は四百文と高かったが、一分は一千文である。

——こんなに。多過ぎます。

——出世前の男が細かいことを言うのではありません。余ったら取っておきなさい。

栄と蕗が奥の座敷に通って、半刻（一時間）以上になる。

ここで、こんなに時を食ってもいいのだろうか、と新六は首を伸ばしてみるが、出て来る気配はない。

新六は障子を細めに開け、通りの様子を窺《うかが》った。風が出て来たのか、人が小走りになっている。急いだ方がよくはないかと言いたいが、お供の身としては、待つしかない。熱い茶をもらい、ふうと息を吹き掛け、上っ面をそろと啜《すす》った。

「蕗さん」と栄が言った。

「はい」蕗は口許を懐紙《かいし》で拭《ぬぐ》い、膝《ひざ》に手を置いた。

「あなたはあなた自身のことを、どう思っています？　幸せだとか不幸せだとか、健気《けなげ》だとかずるいとか」

「私、ですか……」

栄が真《ま》っ直《す》ぐ見詰めている。

「私は……」

蕗は言い淀《よど》んだ。両親を亡くし、寄辺《よるべ》無い身を救われた者としては幸福だと思うが、両親を失ったのは、紛《まぎ》れもなく不幸であった。そうした中で懸命に生きて来た己は、健気であったと思う。でも、それはよく思われようとしていたからかもしれない。何と答えたらよいのだろう。

「今、蕗さんは、葛藤《かっとう》していましたね。どちらとも言い切れない、と思って」

「そうです」

「それが、あなたのよさです。あなたは他人《ひと》にも自分にも正直でありたいと思っています。だから、迷うのです」

「私、この間、奥様のお供をしていた時、継ぎ接《は》ぎだらけの着物を着た少女を見ました。それは、ついこの間までの私の姿でした。その時私は、今の私が恵まれたところにいるのだ、と痛い程感じたのです。でもそれは、誰かに突然取り上げられてしまうかもしれない、危うい幸せなのではないかとも思えてしまったのです。墓参りに行きたいと言い出したのは、それを父と母に話したかったのかもしれません」

「蕗さん、お鷹の目を見たことがありますか」

竹之介の妹の鷹は、この日は奥様に望まれて、島村家に預けられていた。

「はい……」蕗が、話の方向を探りながら応《こた》えた。

「黒く澄んで、何の汚れもありません。あなたも知っているように、棒手振《ぼてふり》をしていたお鷹の父親は殺され、その後間もなく母親も殺されました。お鷹が生後半年あまりの時のことでした。それから乳のことなどがあったので、暫《しばら》くの間板橋の方に預けたりして、鷲津の家の養女になったのは、約一年前です。そんな苛酷《かこく》な歳月を過ごして来たとは思えぬ、澄んだよい目をしています。今はまだ幼いけれど、いつかはお鷹にすべてのことを話そうと思っています。その時に、私たちが生きていればですが」

慌てて打ち消そうとした蕗を手で止め、栄が続けた。

「もし、私たちが死んでいたら、その役目は竹之介と蕗さんにお願いするしかありません。私たちは、お鷹を守りながら何事にも挫《くじ》けない強い子に育てていくつもりです。でも、生きている以上は様々なことで思い悩むはずです。その時、あなたには、お鷹の掛替えのない相談相手になってほしいのです」

「そんな、私には……」

「大丈夫。出来ます。迷ったことのない者には人の迷いは分かりません。あなたは、必ずよい方向を指し示して上げられるはずです。多分あなたは、あなたが思っている以上に強い心を持っています。自信を持つのです」

「はい」

「それにね、蕗さん、あなたも澄んだよい目をしていますよ」

「……ありがとうございます。でも、竹之介様の目の方が、もっともっと澄んでいらっしゃいます」

「何年かすると、父親のように濁《にご》るのかと思うと可哀相《かわいそう》になりますね」

「まあ」

目許を拭っている蕗に、そろそろ参りましょうか、と言って栄は仲居を呼んだ。

「新六が首を長くして待っていることでしょう」

障子が風に鳴った。天気はまだ保《も》ちそうだったが、風は熄《や》みそうにない。

「少し休み過ぎたかもしれませんね」

現われた仲居に、大至急駕籠《かご》を二挺《ちょう》あつらえるように言った。

鷲津竹之介は、道場の床板を雑巾《ぞうきん》で拭《ふ》き清めていた。

雑巾に両の手を置き、体重を掛け、思い切り床板を蹴《け》り、走る。雑巾の幅だけ、一直線にきれいになっていく。行き着くと向きを変え、雑巾を裏返し、また走る。拭いたところが確実に増えていく。それが六浦自然流の稽古《けいこ》だった。

掃除と礼に始まり、掃除と礼に終わる。それが気に入らないからと辞める者もいたが、そこが気に入ったからと子弟を入門させる者もいた。気に入ったのは軍兵衛で、入門させられたのは竹之介だった。

如月派一刀流を修めた軍兵衛が、抜刀術を学びに入門したのが六浦自然流で、その当時の師範代が、今道場主となっている波多野豊次郎《はたのとよじろう》であった。軍兵衛は、波多野の剣に懸ける情熱を買った。波多野は軍兵衛よりも三歳年長だった。

「竹之介」

波多野に呼ばれ、竹之介はその場に立ち上がった。床拭きをしていた他の門下生らが手を止めて、竹之介と波多野を見ている。

「帰る前に、奥に寄るように」

「はい」

波多野は竹之介から門下生らに目を移し、叱《しか》り付けた。

「手を休めるでない」

門下生らは直ぐに拭き掃除を始めたが、波多野の姿が道場から消えると、竹之介の周りに寄って来た。

「何か、やったのか」竹之介と同年に入門した御家人の次男が訊いた。

「する訳ないだろう」

「それでは、何の用だ？」ひとつ年上の旗本の四男が言った。

「父への連絡ではないでしょうか。代稽古か何かの」

「おおっ」と叫んで、旗本の四男と御家人の次男が頭を抱える真似《まね》をした。

波多野の稽古も厳しかったが、軍兵衛の稽古も手抜きがなかった。

しかし、竹之介は呼ばれた訳を感じ取っていた。来月に行なう元服《げんぷく》に臨んでの話だと思った。式には波多野も招かれている。

拭き掃除を終え、井戸端で稽古着を脱ぎ、汗を拭いてから道場奥の一室に向かった。

そこが波多野の居間であり寝所であった。台所で物を刻む音がする。独り身を通している波多野が、台所仕事のために雇った近くに住む老婆であった。

「竹之介です」

「入れ」

座敷の中は、気持ちよい程何もなかった。文机《ふづくえ》と熾火《おきび》の入っていない火鉢、それに燭台《しょくだい》と書見台があるだけだった。火鉢に炭がくべられるのは、師走《しわす》も末か年明けになってからのことになる。

「どうだ？　心構えは万全か」

やはり元服のことだった。竹之介は胸を張り、はい、と答えた。

「自信満々ではないか」

「早く出仕して、お役に立ちたいのです」

「奉行所の同心《どうしん》は大変な御役目だ。覚えることは山程ある。父上も一日で父上に成られた訳ではない。焦らず、己の目の高さに合わせて日々精進《しょうじん》するのだぞ」

「はい」

「道場には来られるか」

竹之介は出仕しても、無足見習《むそくみならい》という無給の身分で、主な仕事は挨拶回りや文書の綻《ほころ》びの繕《つくろ》いなどであった。稽古に通うことは出来そうに思えた。

「無理をするでないぞ。稽古は一生だからな。私は、この年で未だに稽古中だ」

「先生が、ですか」驚いて竹之介が訊いた。

「私だけではない。そなたの父上も母上も、そうだ。誰もが、日々今日を、明日を生きるために稽古をしているのだ。そなたもな」

「私も……」

竹之介は、これから己に訪れて来るであろう長い時を思った。無事次代に引き継がせるまで、研鑽《けんさん》を積み続けねばならない。

無足見習の期間を過ぎると手当の出る見習になり、次いで本勤並《ほんづとめなみ》になる。そこで父親から同心株を引き継ぐまで、役目の詳細を学びながら過ごすのである。

父親が早めに職を退くと、直ぐに後を継いで本勤として役に就《つ》くことが出来たが、親が六十、七十になっても矍鑠《かくしやく》としており、隠居しないでいると、いつまでも本勤並として待機していなければならなかった。それが、町奉行所の仕組みであった。

「長そうですね」

「長いぞ。呆《あき》れるくらいな。だが、あっと言う間でもある。瞬《まばた》きしている間に、月日は流れる。ぼんやりしていると、直ぐ我々の年になってしまう。その時になって、あっと叫んでも遅いからな。今を、今という時を、しっかりと生きてくれ」

波多野は、そこで首筋をぴしゃりと叩いてから続けた。

「今日はな、元服の餞《はなむけ》に何か格調の高い話をしようと思ったのだが、やはり私は口下手であった。済まぬな、帰りを遅らせてしまった」

「いいえ、ありがとうございました。心に沁《し》みました」

「沁みたか」

「はい」

「それは、よかった」

道場を出た。雲が厚くなって来たからと帰路を急いだが、江戸橋を渡る頃には雨粒が落ちて来た。

──そのような時は。

と、常日頃教えられているとおり、自身番《じしんばん》に寄った。

自身番には、貸し出し用に番号を記した粗末な傘が置かれていた。番傘である。

竹之介は、海賊橋東詰の自身番に入ると、店番に言った。

「私は、北町奉行所臨時廻り同心・鷲津軍兵衛が一子・竹之介と申します。突然の雨で難儀いたしております。あまっている番傘がありましたら、お貸しいただきたいのですが」

相手は同心の子である。自家を継ぐか、養子となって他家を継ぐのか、そこまでは分からなくとも、いずれ同心になる子である。しかも、定廻りの指導役である臨時廻りの子だと言っている。

粗略《そりゃく》に扱ってはならない。店番は、大慌てで自身番の中に招き入れ、乾いた手拭を差し出した。

「お召し物が濡《ぬ》れております。お拭きになって下さい。直ぐに温かいお茶を淹《い》れますので」

断ろうとしたのだが、店番は大家《おおや》とともに茶筒や急須と格闘を始めてしまっている。

「では、ご馳走《ちそう》になります」

竹之介は手拭を使いながら、腰高障子《こしだか》を細く開け、通りを見た。雨粒が地面を打ち据えている。降りが強くなっていた。

母と蕗はもう戻ったのだろうか。重く暗い空を見上げた。

三

翌十一月十四日。

軍兵衛は火盗改方同心・樋山小平太に梅吉、そして小網町の千吉を従え、霊岸島銀町にある光の長屋を見張っていた。新六と佐平は土屋藤治郎とともに、四ッ谷忍町の見張り所におり、丑と駒市は、梅吉の縄張り内でのいざこざの始末のために、三ノ輪に戻っていた。

五ツ半（午前九時）に起き出して来た光は、井戸端で洗顔と歯磨きを済ませると、長屋を後にした。

この日の光は殊更《ことさら》背後を気にしていたので、難しい尾行になるかと思われた。しかし、尾行を気にするには、それなりの理由《わけ》がなければならない。

何かあるぜ。

軍兵衛らの士気は上がっていた。

「火伏せの長五郎の面を拝《おが》めるんでしょうか」樋山が訊いた。

「だと、いいんだがな」

だが光は、歩いて間もないところにある一ノ橋の北詰で立ち止まってしまった。誰かを待っているのか、新川の流れに目を落として、凝《じ》っとしている。

「何をしているのでしょう？」

いちいち俺に尋ねずに、てめえの頭で考えろ、と言いたかったが、奉行所の者ではない。怒りを飲み込み我慢していると、千吉が軍兵衛の名を小声で呼んだ。

「何だ？」不機嫌に応え、顔を起こした軍兵衛に、千吉が「妙なのが、現われやした」と言った。

橋のたもとを見た。男がいた。遅れたのか、詫《わ》びている。男の顔を見て、唖然《あぜん》とした。霊岸島浜町の留松が下っ引として使っている福次郎だった。

「どうして奴がいるんだ？」訊いてから、心の中で舌打ちをした。千吉が知っているはずがない。

「分かりやせん」千吉が首を横に振った。

そうだろう。俺だって分からねえんだ。頬《ほお》の古傷が俄に疼《うず》いた。

「丑の尾行を撒いたのは、あの男でございやす」梅吉が言った。

「見知った者なのですか」樋山が訊いた。

「教えてやれ」

軍兵衛は千吉に言うと、福次郎と光を見詰めた。

福次郎がどこの誰であるかを千吉が話している間に、光と福次郎が歩き始めた。富島町を通り、霊岸橋を渡るつもりらしい。

「その者が何ゆえ？」樋山が軍兵衛に訊いた。

軍兵衛は聞こえない振りをして、千吉に歩み寄った。樋山がひとり取り残される形になった。

福次郎と光は、霊岸橋を越えると南に折れ、亀島町河岸通りを歩いている。

ふたりの前方十間（約十八メートル）程のところにある、水油問屋脇の路地から空の荷車が勢いよく飛び出して来た。荷車は、ふたりの側で小石に乗り上げたのか、小さく跳ねると更に速度を上げて走り去って行った。

光が、ふいに足を止めた。斜め前に、昨夜の雨が残して行った水溜があった。

光は、そのほとりにしゃがみ込み、何かを見ている。

福次郎が、どうしたのかと訊いている。光が答えたが、声が低くて聞き取れない。

光が辺りの地面を見回した。何か探しものをしているらしい。見付けたのか、片方の手で袂《たもと》を押さえながら、利き腕を伸ばしている。

「今度は、何だ？」軍兵衛は呟《つぶや》くように言って、目を凝らした。

「何やら」と、いつの間にか隣に来ていた樋山が言った。「拾《ひろ》おうとしていますな」

「泥道で遊ぶ年か」

「私に言われましても」

そんな答を待っているんじゃねえ。もちっと気の利いたことが言えねえのか。軍兵衛は光の指先を見詰めた。

蟻《あり》が溺《おぼ》れ掛けていた。水溜の真ん中で三対の脚をばたつかせ、もがいている。つい今通って行った荷車の荷台から落ちたらしい。もしそうなら、随分と間の悪い蟻だこと、と光は思った。こんな冬場に、何を取り違えてお天道《てんと》様の下に出て来たのかしら。

光は、水溜のほとりにしゃがみ、水に浮くものを探した。このまま溺れさせるのも可哀相《かわいそう》に思えたのだ。

泥に塗《まみ》れた藁《わら》があった。これで助けられるかもしれない。

光は藁《わら》を蟻の近くにそっと浮かべた。

泥に汚れ、雨水をたっぷりと吸い込んでいるせいか、ぷかりと浮きはしなかったが、よい足場にはなりそうだった。

藁に気付いた蟻は、懸命に泳いでいる。しかし、進まない。光は藁を指先でちょいと押した。蟻の前脚が藁を捉えた。攀《よ》じ登っている。蟻は前脚と触角を丁寧に嘗《な》めて拭くと、そこがどうなっているのか、調べているのだろう。藁の上を何度も往復している。

「もう少し押して上げようかね」

光が、指を藁に伸ばした時だった。蟻が藁を離れ、水溜を泳ぎ始めたのだ。脚で水を漕《こ》ぎ、岸に向かって懸命に泳いでいる。だが、蟻にとって岸は遠かった。身体が水に沈み始めた。脚から力強さが急速に抜けている。

「ばかだね」と光が、蟻に言った。「折角《せっかく》、助けてやろうとしたのにさ」

「ばかかもしれねえけどよ。てめえの力で一所懸命助かろうとしたんだぜ……」

「褒《ほ》めて上げようか」

「そうだよ」

「えらかったねえ」

光が水溜に向かって囁《ささや》いた。

「行こうか」

「そうだね」

光は立ち上がると、凝っと待っていた福次郎に言った。

「あんたも、ばかだね」

「おれもか」

「他にいるかい。蟻を助ける女を、ぼんやり待っている男が」

「いねえな」

福次郎と光は、亀島町の河岸通りにある菓子舗《嵯峨屋《さがや》》の暖簾《のれん》を潜《くぐ》った。

京で修業して来た菓子職人が、安価で美味《おい》しい菓子を作ることで知られた店《たな》だった。菓子を商う店舗と、求めた菓子をその場で食べることが出来るよう、小座敷があった。なかなか出て来ないところを見ると、どうやら菓子を摘《つま》み、茶を飲んでいるらしい。

軍兵衛らは、天水桶《てんすいおけ》の裏に回り、身を隠した。

「知らなかったぞ」と樋山が梅吉に言った。「《嵯峨屋》など、初めて聞いたわ。何が美味《うま》いのだ？」

梅吉が、そっくりそのまま千吉に投げた。千吉にしても縄張りの小網町とは離れていたが、霊岸島浜町一帯を縄張りにする留松の相談にのっている間に、いつの間にか詳しくなっていた。

「糁粉餅《しんこもち》、ご存じですね。白米を干して碾《ひ》いて粉にしたものを、水で捏《こ》ねて蒸して搗《つ》いたものです。こいつを丸めてから親指と人差し指でぎゅっと潰《つぶ》し、凹《へこ》んだところに小豆餡《あずきあん》を仕込んだものなのですが、これがなかなか」

千吉が掌で口を拭う真似《まね》をした。

「美味そうだな」樋山が、咽喉《のど》を鳴らした。

「かみさんが臍《へそ》曲げた時には、これが一番という者もおりやすくらいで」

「よいことを聞いた。いつか試してみよう」

福次郎と光は、半刻（一時間）程して出て来ると、霊岸橋のたもとで別れた。光は大川端町の方へ、福次郎は逆の大番屋の方へと歩き出した。

光は《り八》に行くと思われたので、軍兵衛らは福次郎を追った。福次郎と光がどのような仲なのか、問い質《ただ》さなければならなかった。

福次郎が弾《はず》むような足取りで、表南茅場町の横町に折れて行った。捕物の時に見せる動きよりも軽やかだった。

「あの野郎……」

千吉のぼやきを他所《よそ》に、福次郎は表店の桶屋と笑い興じている。

「千吉」軍兵衛が呼んだ。

「へい」

「福次郎を大番屋に連れて行くぜ」

「えっ、でも別に福の奴は……」

「あそこなら、何を話しても安心だからな」

「分かりやした」

よろしいでしょうか。千吉が、樋山と梅吉に目で尋ねた。ふたりが目で応えた。

軍兵衛が桶屋から出て来た福次郎に声を掛けた。

「旦那……」

軍兵衛の後ろにいる千吉らを見て、福次郎の顔色が変わった。

「お揃いのご様子ですが、どうかしたんで……?」

「手間は取らせねえ。付いて来てくれ」

軍兵衛が先に立った。千吉に促され、福次郎は軍兵衛の後に付いた。千吉の後ろから来る見知らぬ侍《さむらい》と目明《めあか》しらしい男が不気味だった。

俺は何かしたんだろうか。

心当たりはなかった。どうなっているんだ？　訊くことも出来ず、福次郎は黙って後に従った。

大番屋は、罪人を取り調べるために設けられた施設で、茅場町や材木町《ざいもくちょう》の他、江戸市中に七か所あった。

町で捕えられた罪人は、自身番から大番屋に送られ、取り調べを受け、容疑が固まると奉行所が作成した入牢《じゅろう》証文とともに小伝馬町の牢屋敷に送られるのである。

軍兵衛は、大番屋の門を潜ると、皆をその場に残し、ひとりで玄関に向かった。受付をしている大番屋同心に、空き部屋を貸してくれるよう交渉しなければならなかった。

玄関の脇で立ち話をしている者がいた。

定廻《じょうまわ》り同心の小宮山仙十郎と吟味方《ぎんみかた》与力に、もうひとり。内《うち》与力の三枝幹之進だった。

見たくない顔だった。一昨夜の一件の後、一度だけ奉行所で擦れ違ったことがあったが、何かもの言いたげな素振りをしていた。

ここで福次郎の話を聞かせたら、見張り所に居座られることになりかねない。

軍兵衛は、そっと門まで引き返し、

「止めた」と皆に小声で言った。「河岸を変えるぞ」

何かございやしたんで？　千吉が、慌てて訳を尋ねた。

「三枝がいるんだ」

「そいつは、どうも」

千吉が皆を引き立てるように急ぎ足になった。

半町（約五十五メートル）程離れたところで千吉が福次郎に訊いた。

「ここらで、落ち着いておめえの話を聞けるようなところはねえか」

「あの、あっしが一体何を……？」

「そんなこたァ後で話してやる。まず場所決めだ」

「でしたらって、あっしが言うのも変ですが、こちらへ」

福次郎は表南茅場町の路地に入って行った。

突き当たりに小さな稲荷《いなり》があり、その両側が長屋になっていた。福次郎は大家の家に寄り、ちょいと借りるぜ、と声を掛けてから、右側の長屋に入った。奥に進み、雪隠《せっちん》の手前の借店《かりだな》で止まった。

「誰の塒《ねぐら》だ？」千吉が訊いた。

「いいえ、空き店でして」

「隣は？」

「隣も前も空き店で」

「誰も住んでねえのか」

「入り口近くの二軒だけ、店子が入っているはずです」

「いいだろう。入れ」軍兵衛が福次郎に言った。

福次郎は先に借店に上がると、済みません、こんなところで、と言いながら軍兵衛らを招き入れた。

埃《ほこり》のにおいがしなかった。空き店の割には、筵《むしろ》を張った床が汚れていない。誰かが拭き清めている。流しの脇に酒徳利《どっくり》と湯飲みがあった。軍兵衛が訊いた。

「ここは、誰が使っているんだ？　夜鷹か」

「……その通りで、ございやす」

青天井ではなく、長屋に連れ込み、酒も飲ます。それで余分の心付けをもらい、大家に借り賃を払う。店賃の不足分を補う苦肉の策なのだろう。

「分かった。そっちはいい。まあ、座れ」

福次郎を中心に、半円を描くように軍兵衛らが座った。

「俺たちが訊きたいのは、女のことだ」

「と仰しゃいやすと……」

「お前が、さっきまで一緒にいた女だよ」

「えっ……」福次郎の目が泳いだ。戸惑っている。

「《り八》の酌婦だそうだな。名はお光」

「そうですが、でも、旦那がどうして」

「いつからの知り合いだ？」

「旦那、待っておくんなさい。これは、何かのお調べで」

「こっちが訊いてるんだ。お前は答えろ」

「福、お答えしねえかい」千吉が睨んだ。

福次郎は、一の酉《とり》の夜からのことを話した。

「赤頭の末弟・吉三郎を取り逃がした、あの翌日の夜、《り八》に行って初めて会いやした。それきりの縁だと思っていたのですが、霊岸島にある円覚寺の縁日でばったり出会《でくわ》しやして、それからの付き合いになりやす」

「十手《じって》持ちの手下《てか》だと話したのか」軍兵衛が訊いた。

「いいえ、家業《かぎょう》を手伝っている、としか話しちゃおりやせん」

「本当のことが言えねえような、何か怪しいふしでもあったからか」

「違いやす。何と言うか、みっともない話ですが、手下とは言い辛かったんでございやす」福次郎が首を竦《すく》めた。

「では、向こうはお前の素性《すじょう》を知らねえ訳だな」

「へい……」福次郎は目玉を忙《せわ》しなく動かし、軍兵衛と千吉を見ている。訳を訊きたくてうずうずしているのが、手に取るように読み取れた。

「お前は、あの女の素性を知っているのか」

「素性って、《りハ》にいるとしか……」

「何も訊いてねえのか」千吉が訊いた。

「こう言うのも何ですが、年はあっしより上ですし、何かあったとしても不思議はねえ。そう思うと、却《かえ》って訊けねえもんでございやす」

「あの女、お光だが、火伏せの長五郎配下の者と船宿で会っているのだ」

「誰でございます。その火伏せの何とかと言うのは？」

福次郎は眉根《まゆね》を寄せた。

千吉が、先代から当代の二代にわたる悪行の数々を並べ立てた。

「するってえと、お光さんは女賊で？」

「だと思うが確証はねえ。奴どもの一味かと言うと、そうとも言い切れねえんだな、これが」

軍兵衛の舌鋒《ぜっぽう》が鈍った。

「どういうこって？」

光を万治が尾けたこと。万治に連れ出され、貞七と会ったことを、千吉が話した。

「一味に加われと誘われたのでは？」

「そんなところだろうな」軍兵衛が答えた。

「お光さんは、もう決めたんでしょうか」

「分からねえが、まだだろうよ。万治や貞七の動きがねえからな」

「で、旦那はお光さんをどうしようと？」

「お光に会い、お前の素性を話し、調べのことも話す。その上で、火伏せについて知っていることを話してもらうつもりだ」

「そんな、大丈夫ですか」樋山が口を尖らせた。

「もし奴どもに話されたら、火伏せに逃げられてしまいますが、よろしいんで？」梅吉だった。

「何を根拠に、光をそこまで信用するのですか」樋山の口が益々《ますます》尖った。

「信じられねえかい？」軍兵衛が樋山に訊《と》いた。

「勿論《もちろん》です」樋山が言い切った。福次郎の膝の上の拳《こぶし》が白くなっている。

「お前さんの長官《おかしら》だったら、どうだろうな」

軍兵衛が火附盗賊改方《ひつけとうぞくあらためかた》の長官・松田善左衛門を引き合いに出した。樋山が金壺眼をしばたたかせた。

「金毘羅の御殿様は、俺たちの務めが一か八かの賭《か》けごとだってことをよくご存じだ。多分、やってみな、と仰しゃるぜ」

「そんなことは……」樋山が首を横に振った。

「ないか。だが、あの御殿様は相当な悪《わる》だからな。こうも仰しゃるだろうよ。お光に話した上で信用がおけなかったら、身柄を隠しちまえってな」

「無茶でございましょう」梅吉が千吉に同意を求めた。

「旦那……」千吉が言葉を押し出すようにして言った。

「お前らは何も分かっちゃいねえな。ここにお光と逢瀬《おうせ》を楽しんでいる福次郎の旦那がいるじゃねえか。お光が突然いなくなったとしても、福次郎とふたりでふけたと思うだろうが。万治は福次郎を見ているんだぜ」

「成程《なるほど》」樋山と梅吉が、同時に言った。

女と、それも光との道行き話が満更《まんざら》ではないのか、福次郎が俄に照れている。

「信じてみちゃどうかな」

万治がお光に気付いた時の様子ってのが、俺には引っ掛かるんだ。凝っと見ていたらしいが、それは、そこにいるべきではない者の姿を見たってことじゃねえか。お光は足を洗っていたんだよ。

「あっしは、旦那の仰しゃる通りだと思いやす」福次郎が目に一杯涙を浮かべ、言い募《つの》った。「お光さんの昔は知らねえ。だけど、今のあの女《ひと》は堅気でございやす」

「そう思うか」軍兵衛が訊いた。

「思います」

「ならば、てめえの口で己の素性を言えるな？」

「言えます」

「よし。お光を見張る目があるかもしれねえ。夜更けまで待ってから、お光に話そうじゃねえか」

四

宵五ツ（午後八時）の鐘が鳴ったのを潮《しお》に、四人いた相客は帰って行った。

煮売り酒屋《り八》の客は、千吉ひとりとなった。光は入れ込みの上がり框《かまち》に腰を下ろし、手酌でちびちびと飲んでいる。何を考えているのか、時折手が止まる。千吉は気付かぬ振りをして、杯を重ねた。

「ここら辺りでよさそうだな」

《り八》の外で見張っていた軍兵衛が、樋山小平太と梅吉に言った。貞七の影も、万治の影も、今夜は見えなかった。

「呼びに行ってくれ」梅吉に言った。

へい。梅吉は答えると、道の端を通って一町程離れたところから走り始めた。

そのまま《り八》の腰高障子を開けると千吉に、

「お待たせいたしました」言ってから丁寧にお辞儀《じぎ》をした。

「もうよろしいので」

「そのように仰しゃいました」

「承知いたしました」

千吉は酒代を置くと、梅吉は促すようにして立ち上がった。

「またいらして下さいまし」

光に送られて、千吉らが《り八》を出た。千吉らの姿が遠退《とおの》いたところで、光が縄暖簾を仕舞った。

暫くの間、台所から利八と光の話し声と器を片付ける音が聞こえていたが、始末を終えたらしい。

「おやすみ」

裏の戸が開き、閉まった。光が火照《ほて》った頬のまま、提灯《ちようちん》をだらりと下げて歩き始めた。生酔いが醒《さ》めたのか、ぶるっと肩を震わせた。軍兵衛らは、貞七か万治の気配がないか、と光の後を尾けながら四囲にも目を配った。

三ノ橋の手前で提灯が止まり、光が振り向いた。

「何者だい？　お足ならないよ」

「よく気付いたな」

遊びで尾けているのではない。気配を立てぬ術《すべ》を心得ている者の尾行である。人通りのない夜更けとは言え、それを簡単に見破るとは只者《ただもの》ではなかった。軍兵衛は通りの中程に出ながら言った。

「驚かして済まなかったな。怪しい者じゃねえ」

提灯の明かりは届かない。光は月明かりを頼りに、闇《やみ》を透かすようにして見詰めた。

「八丁堀の旦那、でございますか……」

光は軍兵衛の脇にいる影に目を凝らした。

「もしや、福次郎さん、かい？」

「そうだ。俺だよ」福次郎が背を窄《すぼ》めるようにして前に進み出た。

「あんた……」

八丁堀と福次郎の取り合わせに戸惑い、光は目を見張っている。

「あの長屋へ行くか」

軍兵衛が千吉に言った。

「そういたしやしょう」

千吉と梅吉を見て、光が口に手を当てた。

「さっきの……」

「お光さん」千吉が光に近付き、西北《いぬい》の方角に顎《あご》を振った。「ちいと済まねえが、話を聞かせちゃくれねえかい」

「………」

光は路上に現われた五つの人影を見て、逃げることを諦めた。千吉を先頭にして歩き出すと、福次郎が脇に寄り添って来た。

「教えとくれな。これはどういうことなんだい？」

「済まねえ。何も言わずに付いて来てくれ。お光さんには指一本触れさせねえからよ」

「あんた、煮売り屋だって本当なのかい？」

「嘘《うそ》じゃねえ。嘘じゃねえが……」

福次郎は、口を閉ざした。

二ノ橋を通り過ぎ、一ノ橋の北詰で曲がり、霊岸橋を西に渡った。表南茅場町の家並みが闇に沈んでいる。

「どこまで行くんだい？　大番屋かい」光が福次郎に訊いた。

「安心しな。もう直《じき》だ」

前を行く千吉が、路地に折れた。福次郎と光が続き、その後から三つの影が路地に入った。稲荷の前で右に曲がり、長屋の奥へと進んだ。

「大家に借りると伝えておけ」梅吉に言うと軍兵衛は、樋山を前に立たせた。福次郎、光、千吉の順で空き店に上がり、その後から樋山、梅吉、そして軍兵衛が続いた。千吉と梅吉が提灯を座の中程に置いた。灯に照らし出された借店の中は、人で一杯であった。

梅吉が入り口まで下がり、上がり框に腰を下ろした。

「お光さん」と福次郎が言った。「俺が煮売り屋の手伝いをしているってのは、本当だ。手隙の時だけなんだがな。けど、俺にはもうひとつの顔がある。十手持ちの手下なんだ」

「隠していたのは、あたしに近付こうとしたためかい?」

「そうじゃねえ。言いそびれただけで、俺はお光さんがどこの誰であろうと、そんなことは構わねえんだ」

「あたしのことを知っちまったんだね」

「知らねえ。旦那方も知らねえんだ」

「おい」千吉が止めようとしたが、軍兵衛が制した。「言わせてやれ」

「嘘だね。知らないのに、こんなところに連れ込むのは変じゃないか」

「旦那方は、お光さんが会った連中のことを知っているんだ。だから、お光さんと奴どもの繋がりを疑って、女賊じゃないかと言うんだ」

「あたしが誰に会ったって仰しゃるんです?」光が軍兵衛に訊いた。

「火伏せの長五郎配下の貞七と万治と言えばよいかな」軍兵衛が答えた。「福次郎は嘘を吐《つ》いちゃいねえよ。全部本当のことだ」

軍兵衛は、つと立ち上がると、流しの隅にあった徳利と湯飲みを無造作に摑《つか》み取り、光の前に置いた。

「俺たちはお前さんがどこの誰だか知らねえ。よかったら教えちゃくれねえか」

「あたしは見ての通り、悪さをして来た女でございますよ。そんな女の話を信用なさるんですか」

「ああ。するよ」

「どうして?」光は、徳利の酒を湯飲みに注ぐと、小さな笑い声を立てた。「信じられませんね」

「福次郎だ。こいつはへまばかりして頼りねえ奴だが、心は真正直な男だ。そいつが惚《ほ》れた女なんだ。きっとお前さんにも似たところがあるんだろうぜ」

光が福次郎を見た。福次郎も光を凝っと見返した。光は慌てて視線を逸らし、軍兵衛に言った。

「ここであたしが話したとします。しおらしく、旦那の言葉にほだされた振りをしてね。その後で、あたしが裏切って逃げたらどうなさるおつもりです」

「どうもしねえよ。参ったな、と言うだけだ」

「福次郎さんに、お咎《とが》めは？」

「二、三発か四、五発は殴《なぐ》るかもしれねえな、憂《う》さ晴らしに」

福次郎の身体が、ぴくりと動いた。

「殴られたこと、あるのかい？」光が訊いた。

福次郎が軍兵衛の顔を見ないようにして頷いた。《黒太刀》の一件を調べている時、その頃よく顔を出していた大川端町の煮売り酒屋で飲み代をたかったことがあった。それを軍兵衛に見られてしまったのだった。

「殴ったんで？」千吉が、小声で軍兵衛に訊いた。

「思い切り、な」

「へえ……」千吉は、湯飲みに酒を注ぐと、福次郎に渡した。「見たかったたぜ」

「大親分、そいつはねえっすよ」

福次郎の声に被《かぶ》せて、軍兵衛が訊いた。

「お光って名は、本当の名なのかい？」

「…………」

「いい名じゃねえか」

「……親からもらった名です」

「悪さをしていた時は？」

「紋と呼ばれていました」

「話してくれるか」

「参りましたね、旦那には」

中山道を荒らしていた飯綱のお頭の下で引き込みをしておりました、と光が言った。そのお頭が死んだのを機に、足を洗おうと思い、江戸に出て来たんでございます。霊岸島の小さな煮売り酒屋ならば、昔のことを知る者も現われないだろうと思っていたら、万治に見付かってしまいました。

「万治に連れられて貞七と会った。何を言われた？」

「一味に誘われたんです」

「断ったのか」

「どうして、それを？」

「受けていたら、そんな話し方はしねえだろうよ」

「断りました。でも、諦めないと言われて……。旦那、あいつらが諦めないと言ったら、どういうことだか分かりますか」

「仲間になるか、死ぬか、地の果てまで逃げるか、だろうな」

「江戸を売るしかない、と考えていたのです」

光は湯飲みの酒を呷《あお》ると、ふっと息を吐いた。

「火伏せは嫌いなのか」

「あいつらのは盗みじゃありません。人殺しです。一味に加わりたくはありません」

「よろしいですか」樋山が言った。

「火盗改方の同心だ」軍兵衛が樋山に訊くよう促した。

「お前が福次郎と会っていることは、知られていたな」

「……はい」

「となると、お前の立場は苦しいな」

「それは？」千吉が訊いた。

「火伏せは江戸で盗みを働こうとしているのであろう？」

「はい。その後で加わらないか、という誘いでした」

「その一件をしくじったとしよう。追っ手から逃れ、どこかに潜《もぐ》り込んだとする。そうなれば、裏切り者の詮索《せんさく》だ。その時、誰かに押し込みの一件を漏らさなかったかが問題になる。貞七と万治は、当然お前を思い出す。そうだ、会っていた男がいた、となる。調べる。下っ引だと分かる。そうなれば、お前が裏切ったと思うに違いない。言い訳の通る男か、火伏せは？」

　そんな甘いお頭ではなかった。裏切り者を満座のただ中に座らせ、四方八方から匕首《あいくち》で刺したと聞いたことがあった。まるで針鼠《はりねずみ》のようでした、と言ったのは、飯綱のお頭のところに逗留《とうりゅう》していた流れの盗っ人だった。

　光は力無く首を横に振った。

「それならば、分かるであろう。火伏せの手から逃げるには、地の果てに行くか、捕まえさせるか、しかないのだ」

「同じ稼業の者を裏切れ、と仰しゃるのですか」

「裏切るのではない。真っ当に生きている者を守る手伝いをしてくれ、と言いたいのだ」教えてくれ、と樋山が続けて言った。「火伏せが、押し込もうとしているお店はどこだ?」

「知らないのです。仲間に加わらなければ、そんなことは教えちゃくれません」

「聞き出してくれぬか」樋山が膝を進めた。

「待て」軍兵衛が樋山の前に割って入った。「そんなことはさせられねえ。お光が足を洗っただけでいいじゃねえか。後は俺たちが見張れば済むことだ」

「町方は手緩《てぬる》いですな。そんなことだから、赤頭に逃げられたのではありませんか」

「もう一度言ってみろ。火盗改だろうが、容赦《ようしゃ》しねえぞ」軍兵衛が片膝を立てた。

「見張りには限度があります。内部から探ってもらえば遺漏《いろう》はないはずです。お分かりでしょう?」

「てめえ、女房はいるか」

「何の話です?」

「答えろ」

「おります」

「女房に探れと言えるか。下手すれば殺されるんだぞ」

「それは……。ですが、足を洗う覚悟があると言うなら、ここは我々と息を合わせて働いてもらわねば。少なくともこれまで、引き込みとして悪事に加担していたのですよ」

「梅吉」軍兵衛が荒い声を張り上げた。

「へい」

「この野郎を、俺の目の届かないところへ連れて行け。それと樋山、金毘羅の御殿様に伝えておけ。手ェ組むのは止めた、とな」

樋山が目を剝《む》いて立ち上がった。

「町奉行所と火盗改方の約束を、一介《いっかい》の同心が反故《ほご》にすると言われるのですか」

「俺は一介の同心ではない。俺が奉行所だ。その気構えがなくて臨時廻りが務まるか」

「待って下さい」光が天井を仰《あお》いでから言った。「あたし、探ってみます」

「止めてくれ」福次郎が叫んだ。「お光さんに、そんな危ないことはしてもらいたくねえ」

「福次郎さん、あんたはいい人だ。でもね、これはあたしの戦いなんですよ。堅気になるためのね。引き込みをやっていた時、あたしは雨燕のお紋と言われていたんです。危なっかしいところでぶら下がっている雨燕があたしなんですよ」

「いいのか」軍兵衛が訊いた。

「決めました」

「くどいようだが、もう一度訊く。本当に、いいんだな？」

「はい」

「……済まねえ。この通りだ」軍兵衛が深く頭を下げた。

「その代わり、間違いなく捕まえて下さいよ」

「引き受けた」軍兵衛は、大きく頷いてから訊いた。「ところで、お前さん、火伏せに会ったことは、あるのかい」

「一度だけ、まだ先代のお供をしていた時に顔を見たことがございます」

軍兵衛は懐《ふところ》から火伏せの長五郎の似絵《にせえ》を取り出すと、提灯の明かりの輪の中に広げた。細い酷薄《こくはく》そうな目が、血塗られた過去を思わせた。

「こいつに間違いないな？」

凝っと見入っていた光が、はっきりとした口調《くちょう》で答えた。

「そっくりです。これが火伏せの長五郎です」

「お光、俺たちはお前さんが堅気になりたいと言ってくれたことだけで嬉しいんだ。分かるな。決して無理をするんじゃねえぞ」

「心得ております」それで、と光が訊いた。「押し込むお店を調べればいいんですね」

「後ふたつ。一味の隠れ家はどこか、そこに火伏せの長五郎がいるのか、その三つが分かると助かるのだ。だがな、向こうが、今の仕事が終わったら、と言っている以上、慌てて近付いて来るとは思えねえ。だからと言って、こっちから仕掛けるなよ。怪しまれるだけだからな。向こうから声の掛かるのを待ってくれ」

「承知しました……」

「出来たら、お前さんに動いてもらう前に片を付けたいと思っているのだ。お前さんに危ない真似をさせると、福次郎の旦那が心配するからな」

福次郎が微《かす》かに安堵《あんど》の色を浮かべながら頭を下げた。

「送ってやりてえが、こうなった以上、一緒にいない方がいいだろう。俺たちはもう少しここにいる。福次郎、お光を送ってやれ」

「へい」

福次郎が光に手を差し伸べた。光が福次郎の手に縋《すが》るようにして立ち上がった。

梅吉が土間に下り、上がり框を空けた。

軍兵衛らからひとり離れ、樋山は唇を嚙《か》み締めていた。

五

翌十五日。出仕前の六ツ半（午前七時）。

軍兵衛は同じ組屋敷内の宮脇信左衛門を訪ねた。

「どうなされました……」驚き、思わず問い掛けてから宮脇は、軍兵衛の意図に気付いた。「何か御用の向きがございましたら、それは後程……」

「それでは遅いから、来ているのだ」

「とは言え、私は今朝餉《あさ》の最中で」

「嘘だ。飯の途中なら、御新造《ごしんぞ》が出て来るはずだ。御新造は片付けをしており、お前はぼんやりしていた。そこに、俺の声だから、お前が応対に出て来た。違うか」

「分かりました。それで、何ですか」

「大至急、調べてほしい奴がいる」

「名は？」

「調べてくれるのか」

「調べなくてもよろしいのですか」

「いいや、頼む」

軍兵衛は、中山道の宿場や寺社を荒らしていた飯綱の友蔵の名を挙げた。

「友蔵についてと、万一分かったら、そこで引き込みをしていた紋、もしくは光という女について、何でもいい、教えてくれ」

「万一というのが気に入りませんが、調べてみましょう」

「ありがたい。恩に着る」

軍兵衛は、この際だからと頭を下げた。

宮脇は、明らかに動揺したらしく、慌てて、承知いたしました、と応じた。

（まだ若いな）

思わず零《こぼ》した笑みを悟られないように、軍兵衛は下を向いたまま宮脇家を出ると、大急ぎで着替え、出仕した。

前方を急ぎ足で行く宮脇の後ろ姿を見掛けた時は、軍兵衛の胸もちくりと痛んだが、無視することにした。

その日の夕刻、四ッ谷の見張り所を覗いてから奉行所に戻ると、宮脇が待ち構えていた。早速臨時廻り同心の詰所に招き入れた。詰所を見回すと、加曾利がいた。ひどく疲れた顔をしていたが、他に頼める者がいないので、茶を淹れてくれるよう頼んだ。返事はしなかったが、律儀《りちぎ》に茶葉を替えている。

「飯綱の友蔵、分かりましたよ」

「流石《さすが》だな。いや、大したもんだ」

宮脇の目尻が俄に下がった。

「そんなに褒められても、何しろ私たちはお調書《しらべがき》の中から拾うだけですから限りがありますが」

「それは前に聞いた。結論を頼む」

「では……」

むっとしたらしい、声音《こわね》が変わった。だが、今更後戻りは出来ない。気付かぬ振りをした。

「今朝お聞きした通り、飯綱の友蔵は、中山道の宿場などを荒らしている盗賊でした。三年前に病で亡くなっています」

「それで跡目争いがあったらしいな?」

「ご存じなら、私が申し上げるまでもないようですね」

「悪かった。教えてくれ」

加曾利が湯飲みを三つ、器用に両手で摑んで持って来た。軍兵衛と宮脇の前に置き、己もその場に座って、茶を啜りながら聞いている。

「二派に分かれて、殺し合いがあったらしいですね。そのために、一味の主立った者は死んでしまい、生き残った者は他のお頭の許に流れて行ったようです。お問い合わせの紋、もしくは光ですが、そのような名は出て来ませんでした。ただ友蔵が引き込みを使っていたのは間違いありません。醒ケ井宿《さめがいしゅく》と赤坂宿《あかさか》の庄屋や寺を襲った時の調書によりますと、二十一、二の女が引き入れたとありました」

「そんなもの、どうして手に入れたのだ?」加曾利が渋茶を啜りながら訊いた。

「道中奉行から半年に一度、調書の概要の写しが回って来るのです。それを読み、分類しておく訳です。勿論回って来るのは、道中奉行だけでなく、寺社奉行や……」

「分かった。ご苦労、察するに余りある」加曾利は皆まで聞かずとも分かる、とでも言うように、丁寧に頭を下げると、尻から下がって行った。

「お役に立ちましたか」宮脇が訊いた。

「飯綱の許で引き込みをしていた女が、今追っている一件に関わって来たのだ。急がせて申し訳なかったな。片が付いたら、何か馳走するからな」

「それよりも今後は夜討ち朝駆けはなし。急な調べもなし、でお願いいたします」

「分かった」

「必ずですよ」

「肝に銘ずる」

「では」宮脇が、調書の束を抱えて詰所を出て行った。

「本当に肝に銘じたのか」加曾利が湯飲みで軍兵衛を指した。

「誰が銘ずるか。一番楽しんでいるのは、信左なんだぜ」

「そのようだな」

愉快そうに笑い声を立てた加曾利に、そっちの御用は済んだのか、と訊いた。

「終わった。礼を言え」

「何でだ？」

「来年から付届の額が増えるぞ」

薬種砂糖問屋《島田屋》の娘と大名家の勤番侍との色恋沙汰《ざた》だったが、ことが丸く収まった礼にと、双方から付届の額が増えるという内示をもらって来ていた。

最初《島田屋》は御用商人で幕閣《ばっかく》に顔が利くのをよいことに、そちらから手を回して大名家を揺さぶったため収まるものも収まらなくなってしまっていた。そこで、加曾利が大名家と《島田屋》の仲立ちに入り、双方が歩み寄れるところを探したのだった。

「おまけに、《島田屋》はあちこちの大名に金を貸していてな。それゆえ、鼻息が荒くてな……」

加曾利の話は終わりそうにない。軍兵衛は、手で制して言った。

「そんなことはどうでもいい。聞いてくれ」

「何だ？」出端《でばな》を挫かれ、加曾利が口を尖らせた。

「福次郎のことだ」

「奴がどうした？　羽根を伸ばし過ぎたか」

光との経緯を詳しく話した。

「信左に調べさせた女が、それか」

「そうだ」

「面白《おもしれ》えな。ちょいと片付ける問題《こと》があってな、急いで済ませるから、その後で俺たちも混ぜてくれ」加曾利が目を光らせた。そういう奴だった。

一夜が明け、十六日になった。

昼前までは動きがなかったが、八ツ半（午後三時）を回った頃、《り八》に万治が現われた。

万治は座敷に上がり、小魚の炙《あぶ》ったものを肴《さかな》に酒を飲むと、風呂敷をわざと置き忘れて《り八》を出て行った。忘れ物をし、光を外に呼び出そうとしているのである。盗っ人の一味が、お店に入り込んだ者と連絡を付ける時に使う、光には馴染の遣り口だった。

「お客さん、忘れ物ですよ」

「おっ、済まねえ……」目だけで万治が問う。どうだい、気は変わったかい。

「……負けたよ」光は、目に笑みを滲《にじ》ませた。

「貞七さんに言っておくれ。やっぱり、こんなちまちました稼ぎは性に合わない。やるよってね」

「本気だろうな？」

「今更嘘吐いたってしょうがないだろうよ」

「よっしゃあ。そう来なくっちゃいけねえや。お頭にも伝えておくぜ」

「もう江戸に？」

「まだって話だが、間もなくだ。それより、あの男はいいのかよ」

「所詮は堅気だからね。遊んだら、おさらばさ」

「せいぜい可愛《かわい》がってやんな」

万治は懐に風呂敷を捩《ね》じ込むと、跳ねるような足取りで立ち去った。

「どういたします？」千吉が訊いた。軍兵衛と千吉らは、《り八》を見渡す材木置き場の陰にいた。

「ばれるといけねえ、見送ろうぜ」

「福次郎がいたら、やきもきしたでしょうね。用を言い付けて、ようございやした」

苛々《いらいら》されては見張りの邪魔になるので、軍兵衛が用を作り、使いに出したのだった。

「何を話したか、訊いて参りたいのですが」

樋山が言った。一昨日のことで松田善左衛門の指示を受けたのか、昨日から下手に出るようになっていた。

「頼みます」軍兵衛も、一昨日言い過ぎた分、丁寧な物言いをした。

程無くして、《り八》の裏に回った樋山と梅吉が戻って来た。

「加わると言ったら、万治の奴、喜んで帰ったそうです。それと、火伏せが近々江戸に入るらしいとのことです」

「そうか」

「どうしますか」千吉が訊いた。

これで、光の方の動きは暫く止まることになるだろう。奴どもにしてみれば、目先の押し込みの方に心血《しんけつ》を注がなければならない。そうなると、四ッ谷の見張り所が気になった。土屋と新六と佐平が詰めているが、何の連絡もない。そろそろ動きがあってもよい頃だった。

軍兵衛は、どこかで肩の荷を下ろしたような気持ちを抱きながら、

「俺たちは」と言った。「四ッ谷に行くが、どうする？」

樋山と梅吉も、同行することになった。

軍兵衛らが材木置き場から去ったのと入れ違いに、福次郎が用を済ませて戻っ

て来た。報告をしようと軍兵衛を探したが、どこにも姿が見えない。昨日軍兵衛が、明日は《り八》の見張りにも行くが、別のところに移るかもしれないと言っていたことを思い出した。

福次郎は光に声を掛け、一旦長屋に戻ることにした。隣同士に住む大工と飾り職が、溝浚《どぶさら》いが因《もと》で喧嘩《けんか》しているので仲裁に入ってくれと、出掛けに大家に頼まれていたのだ。

福次郎は、長屋へと急いだ。まさか、そんな己を尾けている者がいようとは、考えもしなかった。尾けていたのは、万治であった。

万治は、紋すなわち光の返答を貞七に知らせようと四ッ谷に向かう途中、新堀川沿いの道で福次郎を見掛け、そこから後を尾けていたのだった。

光が男をどうあしらうのか、見てみたいと思ったに過ぎなかった。ところが、どういう訳か、男の方は直ぐに《り八》から出て、足早にどこかに向かっている。何だ、こいつ。万治は、何か引っ掛かるものを覚え、どんな奴なのか見極めてやろうという気になっていた。

福次郎が着いたのは、大川端町にある長屋だった。戻った福次郎を年寄りが出迎え、奥の方を指さしている。

「私ァお手上げだ。福次郎さん、意見してやっておくれ。ふたりとも熱くなっちまって、手が付けられないんだよ」

「任してくんない」

威勢よく言い放って、福次郎が奥へ向かった。

「福次郎ってえのか、喧嘩の仲裁とは暇な野郎だぜ」

万治は独りごちると、四ッ谷忍町の旅籠に向かおうとしていた足を止めた。

いいか、滅多《めった》なことでは顔を出すんじゃねえぞ。

三日前、船宿を出る前に貞七からきつく言われていたことだった。

光が加わると伝えに行くべきなのかどうか。折角行って、また説教を食らうんじゃ、割に合わねえよな。夜にでも、文《ふみ》を書いて届けさせりゃあいいか。福次郎ってえ奴のことは、いらねえな。取り立てて伝える程のことじゃねえだろう。

万治は取り敢《あ》えず遊んでから塒に戻ろうと考え、懐を探った。まだ、博打《ばくち》を打つだけのお足はたっぷりとあった。火伏せの長五郎が江戸に着いたら、遊ぶどころではなくなってしまう。その前に、ちょいと羽目を外しておこうと考えたのだ。

万治の口ずさむ端唄《はうた》を、新堀川を吹き抜けて行く風が拾った。畜生《ちくしょう》、と訳も無く呟き、万治は襟《えり》をそばだてた。

その頃、四ッ谷忍町の旅籠《但馬屋》に、鈴の音とともに町飛脚が着いた。鈴の音は担《かつ》いだ棒の先に付けられているもので、町を行く人は鈴の音が聞こえると道を譲《ゆず》った。

「気になりますので、調べて来ます」土屋藤治郎が軍兵衛に言った。

「頼みます」

次いで軍兵衛は、千吉に付いて行くよう言った。千吉が佐平に声を掛けた。

土屋は千吉らとともに裏口から飛び出し、町飛脚の後を追った。鈴の音で、走り去った方角の見当《けんとう》は付いた。

千吉が佐平に、走れ、と命じた。佐平の足が地を蹴った。速い。角をふたつ曲がったところで、飛脚の姿を捉え、瞬《また》く間に間合を詰めた。

千吉と土屋が荒い息で追い付いた時には、飛脚と佐平の呼気は鎮《しず》まっていた。

「話を聞かせてくれ」千吉が、息を乱しながら飛脚に言った。

しかし、人通りの多い町中で問い質す訳にはいかない。千吉は飛脚を伊賀町の自身番に伴うことにした。

「火盗改方の……」自身番に詰めていた大家と店番が、驚いて平伏した。火盗改方は荒っぽいので有名だった。

「ちょいと外してくれるかい？　済まねえな」

千吉は、大家と店番を自身番の外に出すと、佐平に茶を淹れるように言ってから、飛脚に訊いた。

「まずお前さんの名と問屋の名を教えてもらおうか」

「定飛脚問屋《上方屋《かみがたや》》の貫助《かんすけ》と申します」

町方の用を務める飛脚で、決まった日にちに先方に届けるものを定飛脚と言った。《上方屋》は江戸と京大坂を行き来する定飛脚で、各宿場での文の受付もした。

「《但馬屋》へ届けた文だが、泊まり客に来たものだったのかい？」

「へい」

「誰宛だったんだ？」

「《山科屋》さんでございます」

貞七が名乗っている偽名だった。

「どこの誰からの文だか、分かるか」土屋がおもむろに訊いた。

「勿論でございます」

飛脚は帳面を繰り、昨日戸塚宿《とつかしゆく》で預かった文だと答えた。送り主の名は、文《ぶん》左衛門《ざえもん》とのみ記されていた。

戸塚宿は東海道第五番目の宿で、江戸から十里半のところにある。成人男子ならば、一日に八里から十里は歩いた。文を出した者が、江戸に着いていてもおかしくない刻限であった。

「その者がどのような人相風体《にんそうふうてい》をしていたかまでは、分からんであろうな？」土屋が貫助に訊いた。

「へい。手前は市中を走るだけですので」

「《上方屋》に行っても、分からぬか」

「戸塚宿まで行かないと、ご無理かと」

「そうか。ありがとよ」

「とんでもねえこってございます」

「この話、誰にも内緒で頼むぜ」千吉は、一朱金を取り出すと、飛脚の手に握らせた。

「よろしいんで？」貫助が千吉に訊いた。

「手間取らせた詫びだよ」

「ありがとうございます」貫助が土屋にも頭を下げた。

貫助は、ようやく出て来た茶を一口で飲み干すと、駆け出して行った。

「いつも、ああなのか」土屋が千吉に訊いた。

「何がでございます？」

「……心付けだ」

「いろいろでございます。何も渡さない時もございますし、小粒を与えることもございます」

「町方は豊かだのう」

奉行所や与力同心への付届が潤沢《じゅんたく》であるお蔭だった。それを与力と同心が頭数で分け、自身や小者の探索の費用に当てるのである。

土屋の物言いに嫌《いや》みがないのは、人柄なのだろう。千吉は思い切って尋ねた。

「鬼の、いえ三ノ輪の梅吉さんは、その、何かお手当を……」

「長官《おかしら》が盆暮などに幾許《いくばく》かのものを渡しているようだが、多くはない」

「左様で……」

「あの樋山と梅吉は、前にしくじったことがあってな。それからというもの、心底悪を憎んでいるのだ」

光に執拗《しつよう》に裏切りを勧めた樋山。ふたりが、何をどうしくじったのかは分からなかったが、ふたりを繋ぐ何かに触れたような気がした。

「見張り所に戻るぞ」土屋が言った。

千吉は、自身番の者に礼を言い、土屋の後に従った。

その頃――。

見張り所の窓辺にいた新六が、軍兵衛の名を呼んだ。

「何だ？」

新六が旅籠の軒下を指さした。菅笠《すげがさ》が吊るされていた。

万治が旅籠の前に着いた時、軒下を気にしていたことを軍兵衛は思い出した。

何かの合図として菅笠を下げたとしたら。

「いつのことだ？」

「たった今です」

「貞七が下げたのか」

「いいえ。旅籠の女中でございやす」

「菅笠に何か書かれているかもしれねえ。そっと行って、見て来い」

「承知いたしやした」

新六は裏から路地を抜け、旅籠の軒下に行くと、菅笠を素早く見、また路地に飛び込んだ。

階段を両手足を使って上がって来ると、勝ち誇った顔をして言った。

「《山科屋》と書かれておりやした」

「これで動くぞ」

「へい」

「目ェ離すなよ。必ず見に来る奴がいるはずだ」

第五章　雪の朝

一

十一月十七日。暁《あかつき》七ツ（午前四時）。

早立ちの客がいるのか、旅籠《はたご》《但馬屋》の中で人の動く気配がする。

七ツ半（午前五時）。

揚げ戸が上げられ、女中が軒《のき》下から通りをそっと掃《は》いている。

旅仕度《じたく》をした男が現われ、内藤新宿の方へと歩み去って行った。番頭と女中が見送っている。

それから何人かの者が旅籠を後にしていたが、貞七の姿はなかった。

「動かないのでしょうか」

土屋が呟《つぶや》いた時、旅仕度を整えた男が出て来た。最初の客が出てから一刻半（三時間）が過ぎ、朝五ツ（午前八時）になっていた。

「貞七です」新六が低い声で叫んだ。

貞七は見送りに出て来た番頭と女中に、軒から吊るした菅笠《すげがさ》を見て、何か言っている。番頭と女中が頷《うなず》いた。

貞七も内藤新宿の方に向かった。

「尾《つ》けろ」

千吉に言った。千吉に続いて新六が階下に下りた。軍兵衛は、残る土屋と佐平に菅笠を見ている奴がいたら尾けるように言い、ふたりの後を追った。

貞七は、一旦内藤新宿のある西の方に向かったが、やがて浄雲寺横町に折れると暗坂を通り、賭場《とば》の開かれていた板倉家の下屋敷の方へと向かった。

「野郎、博打《ばくち》でも打つつもりで……」千吉が訊《き》いた。

「まさかな」

貞七は板倉家の下屋敷の前を通ると、そのまま足を延ばし、尾張《おわり》徳川家の上屋敷を回り込み、市ケ谷柳町《やなぎちょう》方向へと歩いている。

そこは、武家屋敷と寺社が建ち並ぶところで、尾けるのにはまことに勝手が悪かった。

人通りが少ないのである。

「撒《ま》かれても構わねえ。近付いて悟られるな」

貞七は市ヶ谷柳町を過ぎたところで右に曲がると、焼餅坂《やきもちざか》、別名赤根坂《あかねざか》を上り、山伏町《やまぶしちょう》の通りを東へと進んでいる。この山伏町という町名は、以前この辺《あた》りに山伏が多く住んでいたところから名付けられたもので、この時代になると山伏の名は町名に刻まれているだけになっていた。

貞七は、ゆったりとした歩みを変えようともせず、真《ま》っ直《す》ぐ道なりに歩き、神楽坂に向かって大通りを右に折れた。

そこで貞七は背後を振り返り、じっくり尾行の有無を確かめてから神楽坂を下り、牛込御門の前で左に曲がり、神田川に沿って歩き始めた。

神楽坂に差し掛かった頃からは、人の往来《おうらい》も増え、尾行も楽になった。

「前の時とは気の配り方が違う。恐らく一味の隠れ家に向かうはずだ。気を付けろよ」

間合を取り、千吉と新六が交替で前に立って尾けた。

貞七は水戸《みと》徳川家の上屋敷を過ぎたところで左に折れると、足を速めた。武家屋敷の並ぶ通りをくねくねと曲がりながら加賀前田《かがまえだ》家の上屋敷と越後高田榊原《えちごたかださかきばら》家の中屋敷の間の道を東に下って行く。不忍池《しのばずのいけ》に出ると、下谷広小路の雑踏《ざつとう》を横切り、元黒門町《もとくろもんちょう》の腰掛茶屋に立ち寄った。

「誰かと待ち合わせているのでしょうか」

「分からねえ。見逃すな」

しかし、誰とも言葉を交《か》わさず、横や背後に座った者もいない。休んだだけらしい。

盆に小銭を置き、貞七は再び歩き始めた。東に向かっている。幅二間半余の新堀川を渡り、寺社の間を抜け、諏訪町《すわちょう》に出た。

「よく歩きやがるな」

「どこまで行くつもりなんでしょう」

「新六、ひとっ走りして、野郎に訊いて来い」

「まさか、旦那《だんな》、冗談は止めて下さいよ」

「そろそろらしいぜ」

貞七は、白粉《おしろい》紅問屋に紙問屋、墨筆硯《すみふですずり》問屋や料理茶屋が建ち並ぶ賑《にぎ》やかな大通りを渡ると、横町へと入って行った。大川に沿ったところに大店の寮のような家が点在していた。

「こんなところにですか」

貞七は、そのうちの檜皮葺《ひわだぶ》きの門構えをした寮に入って行った。外から庭を覗《のぞ》こうとしても、黒板塀でぐるりを囲んでいる。

軍兵衛らは、松の根方にある大岩の陰に潜んだ。

「あれが一味の隠れ家でしょうか」千吉が訊いた。

「恐らく間違いあるまい」

「旦那、やりましたね」新六が言った。

「喜んでいねえで、あの寮に舟着き場があるか、持ち主は誰か、自身番《じしんばん》で調べて来てくれ」

「合点《がってん》で」千吉が答えた。

「まだあった。隣の寮についてもだ。見張り所にほしいからな。それと、この首尾《しゅび》を《但馬屋》と《り八》の見張りにも伝えねえといけねえな」

「自身番の者を走らせてもよろしいでしょうか」

「そうだな。いや、待て」軍兵衛は、この辺りを回っている定廻《じょうまわ》りは誰だ、と千吉に訊いた。

「確か、昨日から小宮山の旦那が、こちらを回られているとか……」

熱を発して寝込んでいる岩田巌右衛門の見回路《みちすじ》を、定廻りの同心が交替で回っているのだった。

「岩田には済まんが、そいつは願ったりだ」

「新六は、仙十郎を探し出し、手が足りないからと義吉と忠太を借りて来てくれ。探しても見付からねえ時は一旦戻って来い」

「承知いたしやした」

定廻りは回る順路や刻限が一定していた。だから、自身番を訪ね、来たか来ていないかを確かめれば、歩いている位置の見当《けんとう》は付くはずだった。

ふたりが同時に走り去った。

小半刻して千吉が戻って来た。

「持ち主が分かりました。中山道は下諏訪宿の《信濃屋《しなのや》》角蔵《かくぞう》でございやす」

「火伏せが使った偽名か、それとも一味か、どちらかだろう。舟着き場は？」

「板を打ち付けただけの桟橋《さんばし》ですが、あるそうです」

「ここに集まり、大川を使って盗みに入るって寸法か。隣の寮は？」

「新材木町の紙問屋《石州屋《せきしゆうや》》の持ち物でした。上手《うま》い具合に、《石州屋》の旦那のことはよく存じておりますので、見張り所の件は任せておくんなさい」

「分かった」

更《さら》に半刻（一時間）近く経《た》ってから、新六が義吉と忠太を連れて来た。

「道々話は聞きました。何をすれば？」

「済まねえが走ってくれ」

義吉には《但馬屋》の見張り所に行き、土屋と佐平を、忠太には《り八》を見張っている樋山と梅吉を呼んで来るように命じた。

「あっしは？」新六が訊いた。

「やってもらうことがある。残れ」

「新材木町の方へは、あっしが……」参りやしょうか、と千吉が目で訊いた。

「行ってくれ」

《石州屋》から寮を使う許しを得なければならなかった。

一瞬、序《つい》でに千吉を奉行所まで走らせて三枝幹之進に知らせようかとも思ったが、敢《あ》えて気付かぬ振りをした。

「頼んだぜ」

それぞれが大岩の陰から走り出て行った。

「何をすればよろしいんで？」新六が訊いた。

「黒板塀をぐるりと回ったどこかに、舟着き場があるらしい。舟で来る者がいたら、人数と人相風体《にんそうふうてい》をよく見てくれ。中に火伏せがいるのかどうか、はっきりさせねえと動きが取れねえからな」

新六が腰を屈《かが》めて遠回りに寮の裏に回って行った。

その後ろ姿が見えなくなるまで見送ってから、軍兵衛は岩陰に腰を下ろした。咽喉《のど》が渇《かわ》いていたが、離れる訳には行かない。誰かが戻って来るまで、我慢するしかなかった。《信濃屋》の寮が一味の隠れ家だとしても、分かっているのはそれだけだった。

中に火伏せがいるのか、押し込みの日が近いのか、狙《ねら》う場所はどこなのか、何も分かってはいなかった。

すべては、これからだった。

火伏せらの出入りを見張るのに顔を見知っている光を加えたかったが、《り八》に万治が行った時のことを考えると、《り八》を留守がちにさせるのは得策とは思えなかった。どうするか。考えていた時に足音が聞こえて来た。

菅笠を被り、手っ甲脚絆《きゃはん》を着けた旅仕度の男であった。男は檜皮葺き門を押し開けると、玄関へと消えた。

火伏せの長五郎ではなかったが、一味の者なのだろう。宮脇信左衛門から借りている一味の似絵を取り出し、一枚ずつ繰った。似た顔立ちの者がいた。巳ノ吉だった。間違いねえ。押し込みの日は近いぞ。思っているところに、また足音がした。

羽織袴《はかま》を身に着けた二本差しだった。一味か。横顔を見ると、土屋藤治郎であった。

軍兵衛は、足許《あしもと》の木《こ》っ端《ぱ》を取り上げ、土屋の背に軽く投げ付けた。驚き振り返った土屋を手招きし、ふたりで岩陰に隠れた。

「今入って行ったのは、一味の巳ノ吉です」軍兵衛が言った。

「あの者は、旅籠の菅笠を見て、真っしぐらにここへ来たのです。すると、あの寮は？」

「一味の隠れ家です。ここに集まり、押し込みを働こうって訳でしょうな。それを知らせに、使いの者を走らせたのですが」

「来ていません。行き違ったようですな。で、肝心《かんじん》の火伏せは？」

「いるかいないか、まだ分かりません」

「そうですか」

土屋は、肩を落としたが、直ぐ気を取り直したのか、軍兵衛がひとりでいる訳を尋ねた。

皆それぞれ用で出払っているのだと説明し、佐平はどうしたのかと訊いていると、佐平と義吉が連れ立ってやって来た。佐平は土屋とともに巳ノ吉を尾けていたが、そこへ近道をしようとした義吉が横の小道から駆けて来るのが見えた。巳ノ吉に気付かれちまう。佐平は咄嗟《とっさ》に合図を送って義吉を押し留め、ふたりでここまで土屋を追って来たのだった。

「お待たせいたしやした」

間もなくして戻って来た千吉が、快く受けて下さいやした、と見張り所の許しを得たことを告げ、寮は直ぐに使える、と言った。

「ご苦労だったな。ありがとよ」

それから一刻（二時間）後、《石州屋》の寮に樋山と梅吉に忠太、そして千吉と義吉と佐平が顔を揃《そろ》えた。土屋は大岩の陰から、新六は船着き場から《信濃屋》の寮を見張っている。

義吉と忠太に食べる物を買いに行かせ、腹拵《はらごしら》えを済ませた樋山と千吉らに、土屋と新六に代わるよう言った。

「助かったぜ。後は、こっちで何とかする」

　義吉と忠太に礼を言い、小宮山仙十郎の許に帰すことにした。定廻りのお供が銀次ひとりでは、何かの時に駒が足りなくなる。

「序でに頼まれてくれ」

「へい。何でも仰《おっ》しゃって下さい」

　軍兵衛は、奉行所に行き、加曾利にことの経緯を伝えるように言った。

「三枝様を見掛けるようなことがあったら、その場では話さず、加曾利を外に連れ出すのだぞ」

「心得ております」

「相済みません」梅吉だった。

「どうした？」

「あっしもお頼みしてよろしいでしょうか」

「構わねえ。言ってみな」軍兵衛が言った。

「子分のふたり、丑と駒市に、そっちは適当に片付け、ここに来るように伝えちゃいただけないでしょうか」

合った。

「やってくれるか」軍兵衛が義吉と忠太に訊いた。

「梅吉親分のお住まいなら存じておりやすので、お任せ下さいやし」義吉が請《う》け

「頼んだぜ」

ふたりが去り、やがて夕闇《ゆうやみ》が落ちた。

舟着き場を見張っていた佐平が、千吉の袖《そで》を引いた。

「親分、何か来ます……」

暗い水面《みなも》を掻《か》くようにして一艘の小舟が桟橋に着いた。

人影は四つ。暗くて人相までは分からなかったが、中央の影を前後の者が守っているようにも見えた。だが、迎えに来た者の灯《とも》す提灯《ちょうちん》の明かりでは、見えるのはそこまでだった。

「旦那にお知らせして来い」千吉が佐平に言った。

「合点承知の助で」

佐平は遠回りして、《石州屋》の寮に行き、軍兵衛に小舟のことを話した。

「夜陰に紛《まぎ》れて来るってところが、いいじゃねえか」

「火伏せの長五郎でしょうか」佐平が勢い込んだ。

「何とも言えねえが、におうことだけは間違いねえな」

「顔さえ見られれば……」

「贅沢《ぜいたく》言ったら切りがねえ。今日一日で七人集まって来た。それが分かっただけで上出来だ」

「分かりやした」佐平が再び見張りに出ようとしたのを、新六が呼び止めた。

「持って行ってくんな」焼いた石を重ねた手拭《てぬぐい》で包んだ温石《おんじやく》だった。

「兄ィ、済まねえ」

裏から佐平が出て行くのと同時に、表から加曾利と留松と福次郎が現われた。

土産は稲荷鮨《ずし》と煮物だった。

「ありがてえ。小腹が減って来た頃合だ」軍兵衛が皆に摘《つま》むよう言った。

それから半刻遅れて梅吉の手下の丑と駒市が加わった。ふたりとも寝が足りているのか、顔の色艶《いろつや》がよかった。

「早速で悪いが」

腹拵えを済ませた丑と駒市が千吉と佐平に代わって舟着き場の見張りに、樋山と梅吉に代わって土屋と新六が大岩の陰の見張りに立った。

夜九ツ（午前零時）の鐘が鳴って半刻近くが経つ。

舟着き場で見張っている丑と駒市、大岩の陰にいる土屋と新六、それにまだ起きている軍兵衛と加曾利を除《のぞ》いた者たちは、皆敷布団に包《くる》まって寝ている。

「後半刻経って動きがなければ、今夜の押し込みはねえな」

加曾利が行灯《あんどん》の明かりを背に受けながら言った。土壁に丸く影が映っている。

「千吉たちの見たのが火伏せだったとしても、着いたその夜だからな」

「探る方法はねえのか」

光を使えば出来た。《り八》を休んで見張り所に詰めてもらい、《信濃屋》の寮にいるのが誰なのか、見定めてもらうのだ。

「万治の目もある。明日の夕方にでも、光を呼び出して、《り八》を休む訳を考えよう。それまで、念のためだ。元気のいいところで、丑にでも、光を見張っていてもらおうか」

加曾利は顎《あご》を小さく引いて頷くと、

「どうするつもりだ？」と言って、福次郎に目を遣《や》った。「この一件の片が付いた後、福と女を」

「火伏せ一味をひとりでも取り逃がした時は、ふたりを旅にでも出すか」

「ばれれば、裏切り者として付け狙われるだろうからな」

「どこがいい？」軍兵衛が訊いた。

「北だろう。大坂に中山道を除くと他にあるまい」

「知り合いはいるか」

「陸奥《むつ》の津軽《つがる》家の江戸留守居役《るすいやく》ならよく知っている。勤番侍《きんばんざむらい》の不始末を片付けてやったことがあるのでな」

「あちこちで顔を売っているんだな」

「これも皆のためよ」加曾利が笑って見せた。

「頼めるか」

「その御城下で名を変えて一、二年住まわすのがいいだろう。ふたりは憎からず思い合っているのか」

「福次郎はそうらしい。光も多分そうなんだろうよ」

「そいつはいい。年増《としま》に骨抜きにされるのも修業だからな」加曾利が羨《うらや》ましげに言った。

「大雑把《おおざっぱ》な奴だ」

奥から大きな鼾《いびき》が聞こえて来た。

「誰だ?」加曾利が言った。「ぶったるんだ奴だな」

鼾の主は、樋山小平太だった。

二

十一月十八日。九ツ半(午後一時)。

朝から《信濃屋》の寮に動きはない。

その頃光は、《り八》の主・利八に頼まれて大伝馬町にある薬種問屋《鰯屋《いわしや》》に行き、癪《しやく》の薬を購《あがな》っての帰途《きと》にあった。

どこかで茶でも飲んで来ておくれ、と言われたが、そのようなゆったりとした気持ちにはなれなかった。

大伝馬町から南に向かい、堀江町《ほりえちよう》に出たところだった。

畳表問屋《美作屋《みまさかや》》の店の前を掃《は》いている女を見掛けた。女は箒《ほうき》を手に、店先の塵芥《ちりほこり》を埃が立たぬよう気遣いながら掃いている。女の仕種《しぐさ》に、見覚えがあるような気がした。

女がほつれた髪をそっと掻き上げた。横顔が覗いた。

（お甲《こう》さん……）

甲は一時期、光と同じく引き込みを役目とする飯綱一味の女賊であった。お店に住み込み、内情を調べ、押し込みの手伝いをするのだ。

（ここか……）

《美作屋》は、畳表問屋の他に菅笠の問屋もしており、内証《ないしょう》の豊かさはつとに知られていた。その割には、雇い入れている者の数が少なく、いかにも火伏せの長五郎が目を付けそうなお店と言えた。もしかしたら今のお甲さんは、火伏せのお頭の許にいるのかもしれない。そうだとしたら。

一刻も早く、福次郎に伝えなければ。だが、光の身体は動かなかった。ためらうものがあった。足を洗おうと決め、火伏せの助けはしたくないとも思いはしたが、教えれば、これまで己が生きて来た道を、仲間を裏切ることになる。

踏み切るのは今だ。強く言い募《つの》る己と、腰を引こうとする己がいた。

光は迷う心を振り切るように歩き出した。その行く手に、男がいた。光は伏し目になり、僅《わず》かに頭を下げて男の脇を行き過ぎようとした。

「待ちな」男が立ちはだかった。

「えっ」驚いて顔を上げ、男を見た。

「何だよ、その顔は」男の目は凍っていた。「つまらねえものを見られちまったようだな」

錠前破りの丙十だった。丙十は、手で顎を撫《な》で摩《さす》りながら、どうしてここにいるのか、と訊いた。光は薬の袋を見せ、《鰯屋》の帰りだと話した。

「待っているんでね。あたしゃ行かしてもらうよ」光は、丙十に身体を寄せ、囁《ささや》くように言った。「万治さんに言っておいたけど、この間の話、承知したからね」

「そいつは、聞いた」

「だったら、前に立たないでおくれな。あたしゃ何も見てないよ」光は袂《たもと》を翻《ひるがえ》し、丙十を押し退《の》けるようにして離れようとした。その手を、丙十が摑《つか》んだ。

「そうかもしれねえが、このまま帰らせる訳にも行かねえやな」

丙十と光の後ろから、人込みに紛れて付いて行く影があった。この日、大川端町からずっと光の後を尾けていた梅吉の子分・丑であった。

昼八ツ（午後二時）。

見張り所にした《石州屋》の寮に、梅吉が駆け込んで来た。

「鷲津の旦那、大変《てぇへん》でございやす」

「何があった？」

梅吉は、ちらと福次郎を見てから、男と光が《信濃屋》の寮に入って行ったと言った。

「本当ですか」

福次郎が跳ねるようにして立ち上がった。

「落ち着け。必死で探ろうとしているのかもしれねえ」

「裏切ったのではありませんか」樋山が金壺眼を光らせ、まくし立てた。「探るように頼んでから、まだ四日ですよ。無理するな、こっちから仕掛けるな、とも言ってましたね。それなのに、動きが早過ぎるのではありませんか。光は我々がここで見張っていることを知りません。この間言ったことは、あの場を脱するための言い逃れだったに相違ありません」

「お光さんは、そんな女じゃねえ。何も知らねえ癖に、とやかく言うねえ」福次郎が思わず叫んだ。

「何を無礼な。お前こそ何が分かる。ただ鼻面を取って引き回されているだけではないか」

「よさねえか、ふたりとも」軍兵衛が言った。

「小平太、慎《つつし》め」

土屋が握った拳を震わせている樋山に言った。

「座れ。話はそれからだ」

お光に何があったのだ？　昨夜の舟で着いた男が火伏せの長五郎だとして、長五郎がお光を呼び出す訳でもあるのか。それとも、何か疑いを掛けられるような振舞いをお光がしたのか。

「親分……」

寮の玄関からか細い声が聞こえて来た。

千吉と梅吉が顔を見合わせた。再び声が聞こえた。千吉が、そっちだ、と言うように梅吉に掌を広げて見せた。

「丑か？　上がれ」

「御免なすって」

丑が腰を屈め、梅吉の傍らに片膝を突き、耳打ちをした。

「旦那方にお話ししろ」梅吉は丑に言ってから、「お聞き下さい」と軍兵衛と樋山に言った。

丑が、堀江町の町中で光が立ち止まったところからのことを詳しく話した。

「堀江町か。光が何を見ていたか、分かるか」軍兵衛が訊いた。

「確か、女を見てました」

「どこの女だ？」

「畳表問屋でした……」

「《美作屋》じゃねえかい」

「そうです。間違いありやせん」千吉が言った。

「この寮の持ち主《石州屋》の堀留町《ほりどめちょう》入堀を挟んだ向かいが《美作屋》でござ
いやす」千吉が軍兵衛と加曾利に言った。

「すると……」

舟を操れば、大川から浜町堀、日本橋川と伝って押し入ることが出来る。

「どうやら、狙いは《美作屋》。引き込みも、既に入れてあるって訳か」

「お光は、それに気付いたため、連れて来られたのかもしれぬな」

樋山が膝を揃えて、済まぬ、と福次郎に言った。

「私の早合点のようだ。許せ」

「旦那、よして下さい。分かっていただければ」

「それどころじゃねえぞ」軍兵衛が皆に言った。「間違いなく、押し込みの日は近い。火伏せの長五郎がいると分かったら、直《ただ》ちに捕縛したいが、火盗改も異存はないな」

「ありません」

「それでは手配だ。佐平、奉行所に走ってくれ」

「捕方をどこに待機させる？」加曾利が訊いた。

「堀田原《ほったはら》の園部《そのべ》様の御屋敷はどうだ？」

堀田原は諏訪町の隣、黒船町《くろふねちょう》の西に広がる原だった。園部家は三河《みかわ》以来の大身旗本家であった。

「いいだろう。火盗改も園部様の御屋敷で待機するよう連絡を」加曾利が言った。

「心得た」樋山の命《めい》で、丑が虎之御門外の松田善左衛門の屋敷まで走ることになった。

「何だか、赤頭の三兄弟の時を思い出すな。動きがそっくりだ」加曾利が軍兵衛に言った。

「今度は逃がさねえよ」

「逃がしてたまるか」

「手配が整うまで、大丈夫でしょうか」福次郎が訊いた。

「押し込みは、この二、三日のうちの夜だ。十分だろう」

「お光さんは、どうなるんでしょう?」

「帰されるか、留め置かれるか微妙だが、突然いなくなれば《り八》が騒ぐだろうから、帰してくれるだろうぜ」

「だといいんですが」

「動きがありました」丑と佐平が走り去った後、大岩の陰から《信濃屋》を見張っていた駒市が戻って来た。

「万治が、飛び出して行きました」


時は、ほんの少し遡《さかのぼ》る。

光と丙十が《信濃屋》の寮に入ったのを見届けた梅吉が、《石州屋》の寮に駆け込んで来た丁度その頃、《信濃屋》の寮では――。

「久し振りだな、お紋。俺だよ」

火伏せの長五郎だった。奥の一室で、貞七相手に酒を飲んでいた。

「脂《あぶら》がのって、いい中年増《ちゅうどしま》になったじゃねえかい」

「火伏せの親分、不思議なご縁でお仲間に加えていただくことになりました。これからのこと、よろしくお願いいたします」

指を突いて頭を下げた光に、長五郎が杯を差し出した。

「そうだってな。嬉《うれ》しいぜ。固めの杯だ。受けてくれ」

「ありがとうございます」杯を両手で受け、注がれた酒を一気に飲み干した。

「どうしたい？　何で今頃連れて来たんだ？」

貞七が丙十に訊いた。

「実は……」《美作屋》の前で引き込みの甲を見詰めていたことを、長五郎と貞七に話した。

「その時の様子が、どうも納得出来ねえんで」

「何がでェ？」

「凝《じ》っと見ていたんですよ、《美作屋》を。仲間が狙っているお店だと気付いたならば、素っ気なく通り過ぎるのが筋ってもんでござんしょ？　それに、あっしに気付いた時の驚きようは、後ろ暗いことがあるからに相違ねえと思いやして」

「何を馬鹿馬鹿しいことを」光は、丙十の顔を睨《にら》み上げた。「お前さんも焼きが回ったね」

「まあ、待て」長五郎は光に言うと、貞七に訊いた。「どう思う？」

「丙十は鼻が利《き》きます。笑って捨て置くことは出来ないかと」

「お紋、どうだ？　言うことは、ねえか」

「あたしは、今度の仕事が終わったら仲間になれと誘われました。ところが、どこに押し入るのか教えちゃくれません。どこかな、と思っていたら、お甲さんを見掛けたって訳なんですよ。ああ、ここか。ここは、何の商いをしているのだろうと思って見ていただけなんですよ。それを、凝っと見ていた、とか。あたしにはふたつ目玉があるんですよ。凝っと見たって何が不思議なんですか」

「お前の言うのも尤《もっと》もだ」長五郎は光に言ってから、丙十に訊いた。「お紋は筋金入りだ。これで、疑いは晴れたか」

「親分、お言葉ですが、お紋には男がおりやす。遊びだと言ったらしいんですが、あっしにはそれも信用出来ねえんで」

「いるのか」長五郎が光に訊いた。

「遊びですよ。ちょいと遊んだら捨てるつもりなんですから、気にしないで下さいな」

　光が答えている間に、長五郎が万治を呼んだ。

「どうかなさいましたか。大きな声がしておりましたが」

「お紋に男がいるそうだな？」

万治は長五郎、光、貞七、丙十の顔を見回すと、へい、と答えた。

「おりやす」

「何をしている？」長五郎が光に訊いた。

「親の稼業《かぎよう》を、煮売り屋を手伝っているんですよ。堅気《かたぎ》ですから」

「確かなのか」長五郎が万治に訊いた。

「店までは知りやせんが……」

「調べてねえのか」長五郎の声が尖《とが》った。

「ですが、なかなかしっかり者らしく、長屋では信用されておりやした」

「見たのか」貞七が訊いた。光が、身を固めた。

「へい。ちょいと気になったもので尾けてみたら、長屋で揉《も》め事がありやして、大家《おおや》が仲裁を頼んでました」

「男は幾つだ？」長五郎が訊いた。

「二十一、二でしょうか」万治が答えた。

「いい年をした大家が、そんな青いのに仲裁を頼むのか」

「それは、ないとは言え……」万治は途中で言葉を飲み込んだ。

「俺も気になるぜ」長五郎が言った。「万治、調べて来い」

「待っておくんなさい、お頭《かしら》」光が、ぐいと顔を上げ、長五郎を正面から見据えた。「あたしが、そんなに信用出来ないのですか。あたしも雨燕のお紋。ここまで疑われたら、とても一緒にはやっていかれませんね」

「何を向きになるんだよ。俺たち盗っ人の付き合いは、嘘偽《うそいつわ》り隠し立ては一切ございません、と尻《けつ》の穴まで見せ合ってから始まるんじゃねえのか」

それとも何か、調べられては不都合なことでもあると言うのか。長五郎は、万治に行くよう手で指図すると、俺たちはな、と言った。

「仁義礼智忠信孝悌《じんぎれいちちゆうしんこうてい》を捨てた者だ。忘八者《ぼうはちもの》と同じ、穀潰《ごくつぶ》しだ。だがな、仲間を裏切ることだけはしちゃならねえのよ。それを確かめるだけじゃねえか、やましいことがなければ、おとなしく待たねえか」

「分かりました。向きになって申し訳ございませんでした。気の済むまで調べてやっておくんなさいまし」腹を括《くく》った。そうやって修羅場《しゆらば》を凌《しの》いで来たのだ。あたしは雨燕だよ。自らに言い聞かせた。

「そうでなくちゃ、お紋じゃねえやな。どうだ、一緒に飲まねえか」

長五郎が杯を持ち上げた。

「万治の後を誰か尾けているのか」軍兵衛が駒市に訊いた。

「丁度梅吉親分《おやぶん》と新六さんが交替に来たところだったので、新六さんが」

「尾けているんだな、よし」

「お光さんは大丈夫でしょうか」

千吉に尋ねようとして、福次郎が湯飲みを蹴飛《けと》ばした。茶が畳の上に飛び散った。

「心配するな。簡単に尻尾《しっぽ》を掴《つか》まれるようなお光でもあるめえが」

「そうだとは、思いますが」福次郎が泣くような笑うような顔をした。

その頃万治は、福次郎の長屋へと走っていた。

鳥越橋《とりごえばし》を渡り、浅草御門を抜け、浜町堀に沿って南に下り、永久橋《えいきゅうばし》、湊橋を渡り継いで大川端町へと出た。

福次郎の住む長屋まで、もう少しのところだった。万治は脇腹を押さえて息を継ぐと、再び走り出した。

もし男に不審な点があれば、紋に問い詰めなければならず、もし裏切っていると分かれば、紋を見付けた己の落度であった。

まさか、こんなことになるなんてよ。思いもしなかった万治であった。

長屋の入り口の日だまりで、猫が昼寝をしていた。万治の足音を聞いても、起きようともしない。尻っぺたを蹴飛ばしてやろうかとも思ったが、堅気の振りをしなければならない。裾《すそ》をはたいて、襟《えり》を伸ばし、大家の家と思われる戸を叩《たた》いた。

「もし」

もう一度戸を叩いたが、返事がない。開けようと手を掛けた時、戸が内側から開いた。

「どなたかな？」

「いたんですかい？」

「いましたよ」

ならば、返事くらいすればいいだろう。怒鳴《どな》りたい気持ちを抑え、福次郎さんは、と小声で訊いた。

「どちらに？」

「おりませんか」

初めから訪ねる気はなく、確かめもしていないのを隠して、へい、と答えた。

「どこに行けばお会い出来るでしょうか」

「親分さんのところじゃないかい？」

「親分さん……」

頭の先から血の気が引いていくのが分かった。

「……度忘れしちまって、どちらの親分さんでしたっけ」

「嫌だね。霊岸島浜町と言えば、留松親分だよ」

（……あの女《あま》！）

万治は身を翻すと、一目散《いちもくさん》に駆け出した。猫が跳び起き、物陰に隠れた。

万治の様子を窺っていた新六は、万治が走り去ると急いで大家の戸を叩き、今の男が何を尋ねたか訊いた。

「福次郎さんを探していたので、留松親分のところではないかと」

「留松親分と言ったのか」

「はい。それが何か」

新六が青ざめる番だった。

「大変だ」

新六は半泣きになりながら走った。

三

夕七ツ（午後四時）を大きく回り、間もなく七ツ半（午後五時）になろうかという時――。

万治が戻って来た、と梅吉が知らせに来た。

「何やら血相《けつそう》を変えておりやした」

「新六はどうした？ 見て来い」軍兵衛が駒市に言った。

駒市が見張り所を飛び出した。

「千吉、もう待てねえ。これから直ぐ堀田原に行き、集まっている者だけでもいい、連れて来てくれ」

「ですが、まだ佐平と丑が戻って来ないということは、堀田原には？」

「追っ付け来てもいい頃だ。行って、待っていろ」

「火伏せがいるかいないか、確かめるのは……」

「一味は何人くらいいる？」軍兵衛が梅吉に訊いた。

「元々寮に控えていた者もいるかと思われやすんで、ざっと十二、三人くらいかと」

「そん中にいるかいねえかは賭《か》けだが、構わねえ。お光に何かあったら福次郎に顔向け出来ねえ」

「承知いたしました」

千吉はおろおろしている福次郎の背を叩くと、裏から寮を出て行った。

入れ違いに、駒市と新六が寮に駆け込んで来た。

「今、そこで千吉親分と」駒市が言い掛けたのを、軍兵衛が遮った。「その話は後だ。新六、何があった？」

「福が十手《じって》持ちの手下《てか》だとばれました」

「何ィ。皆、来い」

軍兵衛は、土屋らとともに、《信濃屋》の寮を望む大岩まで進んだ。

「何やら騒いでおりましたが、急に静かになりました」

見張りを続けていた樋山が寮の様子を話した。

「もう待っちゃいられねえ。俺たちだけで乗り込むぞ」

軍兵衛は樋山に、裏へ回り、舟着き場を見張っている加曾利と留松と合流し、寮の裏口から斬《き》り込むように言った。

「俺と土屋さんは表から行く。十手や峰打ちはなしだ。ここは火盗改方の遣り方で、叩っ斬ってしまおう。下手に生かしておくと、お光が危ねえからな」

「あっしも行きます」福次郎が言った。

「てめえと新六は俺に、梅吉と駒市は樋山さんと加曾利に付いてくれ」

軍兵衛は脇差を引き抜くと福次郎に渡した。

「使え」

土屋が、樋山が、それぞれ脇差を梅吉と駒市に渡した。新六の分がなかった。

「これを、使っておくんなさい」梅吉が、土屋から借り受けた脇差を新六に譲った。

「そんな、親分。それでは」

「あっしには、使い慣れたこれがありますから」十手を振り下ろした。

「ありがとうございます」

「では、行ってくれ」

樋山が梅吉と駒市を連れて裏に回ろうとした時、《信濃屋》の寮からどっと笑い声が起こった。

「お光……」

飛び出そうとする福次郎の襟を摑み、

「俺が先だ」と軍兵衛が言った。「間違っても俺の一間四方に入るな、見境なく斬るからな」

軍兵衛が走り出すよりも早く、樋山らが裏に消えた。

それを横目で見届けた軍兵衛は腰を屈めて走り、檜皮葺きの門を蹴破った。

見張りに立っていたふたりの男が、口をあんぐりと開け、軍兵衛を見た。八丁堀だと気付き、慌てて刀を抜こうとしたが、遅かった。軍兵衛の剣は目の前に来ていた。柄《つか》に手を掛けた時には、ひとりは首筋を、返す刀でもうひとりの男も袈《け》裟《さ》に斬られていた。

血飛沫《ちしぶき》が飛び散り、軍兵衛の後ろにいた新六の顔を朱に染めた。

「お前が斬られたみたいだぜ」

軍兵衛は新六に言い置き、庭を走り抜け、玄関に体当たりした。戸が内側に吹っ飛んだ。

「何だ？」

飛び出して来たふたりの男を出合い頭に斬って捨てた。似絵で見た半助と作次だった。廊下を奥へと急いだ。

裏の方でも大きな音がしている。加曾利が牙を剝《む》いているのだ。

「火伏せの長五郎、ここは十重二十重《とえはたえ》に取り囲んでいる。神妙《しんみょう》に縛《ばく》に就《つ》け」

軍兵衛は怒鳴りながら、ふたりの男の手足を斬り、奥へと進んだ。その後ろで福次郎と新六が、脇差を振り回して、軍兵衛が倒した敵を痛め付けている。

庭の植え込みから軍兵衛に刃を突き付けようとした一味の者が、血反吐《ちへど》を吐いて倒れた。土屋藤治郎だった。一分の隙《すき》もなく目を配り、足を送っている。立ち回りに慣れていた。

「流石《さすが》、火盗改方だ。頼りになるぜ」

土屋はにこりともせずに頷くと、軍兵衛に続いた。

奥の部屋が見えた。

何人かの男どもが部屋の奥にいた。

その前に、何かが置かれていた。座像のようだった。何本もの棒が突き出ている。まるで針鼠のように見えた。

何だ？

思った瞬間、軍兵衛は思わず息を呑《の》んだ。

女だった。光であった。

尻を床に付け、光は血溜りの中にぺたりと座り込んでいた。その身体から伸びていたのは、棒ではなく、七本の匕首《あいくち》であった。前後左右から刺されたのだ。

「お光」

福次郎が叫んだ。

光の身体がぴくりと動き、血が匕首を伝って畳に落ちた。

「それ以上近付いたら、心の臓を突き刺してくれるぞ」

男どものひとりが、匕首を光の胸に押し当てながら言った。人相から火伏せの長五郎だと知れた。

「てめえ、火伏せの長五郎だな？」

「それがどうした？」

「待て。分かった」軍兵衛はひと足下がると、福次郎にも一歩下がるように言った。

「聞き分けがいいじゃねえか。褒美をやらなくてはな……」

長五郎は光の肩口の匕首を握ると、痛いだろうねえ、と言って、引き抜いた。

血が黒い塊《かたまり》となって噴き出した。

「狗《いぬ》の最期だ、よく見とくんだな」

長五郎が引き攣《つ》ったように笑った。

「止《や》めろ」

「もう一本」長五郎がふたたび匕首を抜いた。また血が噴き出した。

「ぶった斬れ」軍兵衛が叫んだ。

「言われるまでもない」いつの間に来ていたのか、樋山が言った。

軍兵衛が、樋山が、土屋が、同時に斬り掛かった。

樋山の剣が、長五郎の脇にいた丙十の腹を深々と斬り裂いた。着物が裂け、腹が割れ、臓物が座敷に広がった。

「ひいっ」

万治が庭に逃げようとして、加曾利に押し止められた。

「生きたいか」

「へ、へい……」

「駄目だ」加曾利が言った。

万治が、刀を突いて来た。加曾利は難無く躱《かわ》すと、万治が振り向くのを待って肩先から斬り下ろした。

貞七と長五郎を残すのみとなった。

ふたりが同時に右と左に走った。座敷の中で刀を振り回されては、光に当たってしまう。一旦庭と隣の部屋に逃がしてから、軍兵衛は長五郎を、樋山は貞七を追った。

「お光」駆け寄った福次郎が、大声を上げた。

「揺するな。死ぬぞ」軍兵衛は福次郎に声を掛け、庭に飛び下りた。

樋山は貞七を座敷の隅に追い詰めている。貞七が匕首を振り翳《かざ》した。樋山の一剣が、その手を掬《すく》い上げるようにして斬り落とした。血が噴き出している。貞七の顔に怯《おび》えが走った。

「いい面《つら》だ。怖いか」

樋山の金壺眼《かなつぼまなこ》が、笑みを含んだ。

「誰に言ってるんでえ」

貞七が唇《くちびる》の端から涎《よだれ》を垂らした。

「そうか。悪党はそうでなくてはな」

樋山の太刀が、逃げようとした貞七の背を深々と断ち割った。崩れるようにして倒れた貞七の背から白い骨が覗いたが、見る間に血で埋まった。

庭木戸を蹴り開け、逃げ出そうとした長五郎が、加曾利に追い返されて来た。

「往生際《おうじようぎわ》の悪い男だな」軍兵衛は、座敷を顎で指してから、「てめえひとりになっちまったぜ」長五郎に言った。

「身軽でいいやな」

「言い遺《のこ》すことはねえのか」

「ねえ。……あったら、伝えてくれるのか」

「俺は、そんなに暇じゃねえ」

「畜生《ちくしよう》」

軍兵衛が間合を詰めた。苦し紛れに打ち付けた長五郎の刀を払うと、軍兵衛の剣がするすると伸び、長五郎の咽喉に刺さった。

「うぐっ」

長五郎が目を剝いて軍兵衛を睨み付けた。

「痛《いて》えか。お光の痛みを知りやがれ」

軍兵衛は突き立てた切っ先を横に抉《えぐ》り、抜いた。血が咽喉を埋めたらしい。長五郎が咽喉を搔き毟《むし》っている。指が傷口に入った。手の血を見詰めている。

「てめえは死ぬのよ」

軍兵衛の剣が長五郎の顔面をふたつに割った。

夥《おびただ》しい血潮《ちしお》を噴き上げながら、長五郎の身体が松の根方に沈んだ。

「軍兵衛」加會利が、座敷の奥に目を遣った。

軍兵衛は、親指と人差し指で刀身の血糊《ちのり》を拭《ぬぐ》うと鞘《さや》に納め、座敷に駆け上がった。

「お光……」

五本の匕首を刺されたまま、光がまだ虫の息で座り続けていた。目を見開き、一点を見詰めながら、口から細い息を吐いている。

福次郎が軍兵衛を見た。何とかしてくれ、と言いたいのだろう。涙と洟水《はなみず》で顔がぐしゃぐしゃになっている。

どうすることも出来なかった。命の火が消えるのを見守るしか、立ち尽くしていることしか出来ないことは、皆分かっていた。分かっていたが、誰も分かりたくなかった。

土屋が、樋山が来た。留松が、梅吉が、新六が、駒市が来て、片膝を突いた。駆け付けて来た千吉が、佐平が、丑が、奉行所の捕方と火盗改方の面々が座敷と庭に溢《あふ》れた。

「お光……」

福次郎が大声を張り上げた。

「聞こえるか、お光。火伏せ一味を捕えたぜ」

血の気が失せ、真っ白になった光の頬《ほお》が、微《かす》かに笑った。

「済まねえ」軍兵衛は光の前で手を突いた。「間に合わなかった。許してくれ……」

「済まぬ」樋山が、血溜りに膝を突き、頭《こうべ》を垂れた。

「いいん、ですよ……」光の唇が、小さく動いた。

「なっちゃいねえな、俺は……」項垂《うなだ》れている軍兵衛の肩に、加曾利が手を置いた。

「旦那」と福次郎が軍兵衛に訊いた。「お光は、堅気になったんですよね」

「なった。まっさらにな」

「そうだってよ。聞こえたか」

「ふく……じろさん」

光の唇が震えた。声を出す度《たび》に、五本の匕首から血が滴《したた》り落ちた。

「話すな。何も喋《しゃべ》らずに、聞いていろ」福次郎が口を光の耳許《みみもと》に寄せた。「俺はな、お前のことを菩薩《ぼさつ》さまだと思っていたんだぜ」

「ぼ、さ、つ……」

光の口から歯が零《こぼ》れた。

「やっぱ……、ふくじろさんは……、ばかだねえ」

光の首ががくりと前に垂れ、身体が斜め横に傾いた。福次郎は両の腕で抱き留めると、大口を開けて泣き始めた。

四

月番が南町奉行所に移ると、それを待っていたかのように寒気が強くなった。

二日前の昼には風花が舞い、道行く者の足を急がせた。

光の野辺《のべ》送りを終え、火伏せの一件は一網打尽《いちもうだじん》で決着したのだが、福次郎は未だ光の死を受け容《い》れられないでいた。

「しゃんとしねえか」どやし付けたのは、留松だった。「そんな時化《しけ》た面《つら》してると、連れてかねえぞ」

明日は、鷲津軍兵衛の息・竹之介の元服《げんぷく》の日であった。

元服の式は夕刻に始まり、酒宴に移り、夜遅くまで続く。留松らは、式の後の酒宴からの参加だった。

「列席されるのは、年番方与力《ねんばんかたよりき》の島村様、腰物方《こしものかた》の妹尾様、六浦自然流の波多野様。加曾利様、宮脇様の旦那方。それに、小網町の千吉親分に神田八軒町の銀次親分たちだ。みっともねえ面してたら、本当に連れてかねえからな」

「へい……」

「もちっと気の利いた声が出せねえのか」

「あの……」

「何だ？」

「内与力《うち》の三枝様は？」

「それだ」と留松が声を潜めた。「火伏せの一件で声を掛けなかっただろ？」

「怒っていたとか」

「それで仕方無く呼んだらしいんだが、旦那が零《こぼ》すこと零すこと、宥《なだ》めるのに大変だった、と千吉親分が仰しゃってたぜ」

「そいつァ」福次郎が、肩を震わせて笑った。

「おうっ、その意気だ。笑え。お前には、時化た面は似合わねえよ」

「親分……」

拳《こぶし》で洟《こす》を擦り上げた福次郎の額《ひたい》を、ぽつりと雨が打った。

「参ったな。蕎麦《そば》屋で雨宿りするか」

「お供いたしやす」

「調子のいい奴だな。このばかやろうが」

「あっ、ばかって言われると、またお光のことを思い出しちまうんですよ」

「先に行くぜ」

「ひどいな。待っておくんなさいよ」

雨は夜まで降り続き、夜中に熄《や》んだ。

十二月五日。この日は島村恭介が暦《こよみ》に詳しい者に調べさせた元服吉《げんぷくよし》の日であった。

早朝七ツ半（午前五時）。ふと目が覚めた軍兵衛は、枕に頭をのせたまま、耳を澄ました。ひどく静かだった。寒気は昨夜よりは、幾分か和《やわ》らいでいる。

（雪か……）

軍兵衛はそっと起き出し、廊下の雨戸を繰り、手燭《てしょく》を翳《かざ》した。庭木が白い綿《わた》を被《かぶ》り、庭の底が白く沈んでいた。

「まあ」

と栄が、小さく華やいだ声を上げた。

「起こしたか」

「もうそろそろ起きる刻限ですから」

「門出に相応《ふさわ》しい朝だな」軍兵衛は身体を脇に寄せ、栄を横に立たせた。

「はい」栄の目が、凝っと降る雪を追っている。

「おはようございます」

竹之介だった。

「何だ、もう起きたのか」

「しっかり寝ましたのでご心配なく」

「そうか。雪だぞ」

「実《まこと》ですか」

軍兵衛は雨戸を押し開け、三人で並んだ。

「この冬、初めて積もりましたね」

「雪はこれくらいがよいな」

一寸（約三センチ）ばかりの淡雪だった。

「それではゆるりと着替えて下さい。私は先に顔を洗い、朝餉《あさ》の仕度を始めますので」

「よし」

軍兵衛と竹之介が自室へと引き返して行った。栄は急いで着替えると、洗顔と歯磨きを済ませ、台所に下りた。

竈《かまど》に藁《わら》をくべ、火を点《つ》けた。炎が熾《おこ》った。細枝をくべ、木っ端をくべ、火が移ったところで薪《まき》をくべた。

洗顔を終えた軍兵衛が台所に入って来た。

「少し歩いて来るから、急がずともよいぞ」

「おひとりで？」

「いや、竹之介とな、組屋敷内を歩くだけだ」

「承知しました」

「では、行って来る」

入れ替わりに竹之介が来た。

「母上、鷹はよく寝ておりますから」

「分かりました。行ってらっしゃい」

「行って参ります」

まだ夜明けには間があった。

ふたりは脇差を腰に、提灯を持ち、木戸から出て行った。

さくさくという雪を踏む音が、栄の耳に心地よく響いた。

参考文献

『江戸・町づくし稿　上中下別巻』岸井良衞著（青蛙房　二〇〇三、四年）
『大江戸復元図鑑〈庶民編〉』笹間良彦著画（遊子館　二〇〇三年）
『大江戸復元図鑑〈武士編〉』笹間良彦著画（遊子館　二〇〇四年）
『資料・日本歴史図録』笹間良彦編著（柏書房　一九九二年）
『図説・江戸町奉行所事典』笹間良彦著（柏書房　一九九一年）
『江戸時代選書6　江戸町奉行』横倉辰次著（雄山閣　二〇〇三年）
『江戸時代選書10　江戸庶民の暮らし』田村栄太郎著（雄山閣　二〇〇三年）
『第一江戸時代漫筆　江戸の町奉行』石井良助著（明石書店　一九八九年）
『考証「江戸町奉行」の世界』稲垣史生著（新人物往来社　一九九七年）

注・本作品は、平成二十年九月、ハルキ文庫（角川春樹事務所）より刊行された、『雨燕　北町奉行所捕物控』を著者が加筆・修正したものです。

一〇〇字書評

雨燕

切り取り線

購買動機（新聞、雑誌名を記入するか、あるいは○をつけてください）					
□（　　　　　　　　　　　　）の広告を見て					
□（　　　　　　　　　　　　）の書評を見て					
□ 知人のすすめで			□ タイトルに惹かれて		
□ カバーが良かったから			□ 内容が面白そうだから		
□ 好きな作家だから			□ 好きな分野の本だから		
・最近、最も感銘を受けた作品名をお書き下さい ・あなたのお好きな作家名をお書き下さい ・その他、ご要望がありましたらお書き下さい					
住所	〒				
氏名		職業		年齢	
Eメール	※携帯には配信できません		新刊情報等のメール配信を 希望する・しない		

この本の感想を、編集部までお寄せいただけたらありがたく存じます。今後の企画の参考にさせていただきます。Eメールでも結構です。

いただいた「一〇〇字書評」は、新聞・雑誌等に紹介させていただくことがあります。その場合はお礼として特製図書カードを差し上げます。

前ページの原稿用紙に書評をお書きの上、切り取り、左記までお送り下さい。宛先の住所は不要です。

なお、ご記入いただいたお名前、ご住所等は、書評紹介の事前了解、謝礼のお届けのためだけに利用し、そのほかの目的のために利用することはありません。

〒一〇一－八七〇一
祥伝社文庫編集長　坂口芳和
電話　〇三（三二六五）二〇八〇

祥伝社ホームページの「ブックレビュー」からも、書き込めます。
http://www.shodensha.co.jp/bookreview/

祥伝社文庫

雨燕《あまつばめ》　北町《きたまち》奉行所《ぶぎようしよ》捕物控《とりものひかえ》

平成31年1月20日　初版第1刷発行

著　者　長谷川《はせがわ》　卓《たく》
発行者　辻　浩明
発行所　祥伝社《しようでんしや》
東京都千代田区神田神保町3-3
〒101-8701
電話　03（3265）2081（販売部）
電話　03（3265）2080（編集部）
電話　03（3265）3622（業務部）
http://www.shodensha.co.jp/

印刷所　堀内印刷
製本所　ナショナル製本
カバーフォーマットデザイン　中原達治

 ISBN978-4-396-34490-0 C0193

祥伝社文庫の好評既刊

長谷川 卓　**百まなこ** 高積《たかづみ》見廻り同心御用控①

江戸一の悪を探せ。絶対ヤツが現われる……南北奉行所が威信をかけて、捕縛を競う義賊の正体とは？

長谷川 卓　**犬目《いぬめ》** 高積見廻り同心御用控②

江戸を騒がす伝説の殺し人〝犬目〟を追う滝村与兵衛《たきむらよへえ》。持ち前の勘で、真実を炙《あぶ》り出す。名手が描く人情時代。

長谷川 卓　**戻り舟同心**

齢《よわい》六十八で奉行所に再出仕。ついた仇《あだ》名《な》は〝戻り舟〟。「この文庫書き下ろし時代小説がすごい！」〇九年版三位。

長谷川 卓　**戻り舟同心 夕凪《ゆうなぎ》**

「二十四年前に失踪した娘が夢枕に立った」――荒唐無稽《こうとうむけい》な老爺《ろうや》の話を愚直に信じた伝次郎。早速探索を開始！

長谷川 卓　**戻り舟同心 逢魔刻《おうまがとき》**

長年子供を拐《かどわ》かしてきた残虐非道な組織の存在に迫り、志半ばで斃《たお》れた吉三。彼らの無念を晴らすため、命をかける！

長谷川 卓　**戻り舟同心 更待月《ふけまちづき》**

皆殺し事件を解決できぬまま引退した伝次郎。十一年の時を経て、再び押し込み犯を追う！　書下ろし短編収録。

祥伝社文庫　今月の新刊

小路幸也
アシタノユキカタ
元高校教師、キャバクラ嬢、そして小学生女子。ワケアリ三人が行くおかしな二千キロの旅！

沢里裕二
悪女刑事《デカ》
押収品ごと輸送車が奪われた！　命を狙われたのは警察を裏から支配する女。彼女の運命は？

小杉健治
泡沫《うたかた》の義　風烈廻り与力・青柳剣一郎
襲われたのは全員悪人――真相を追う剣一郎の前に現われた凄惨な殺人剣の遣い手とは⁉

長谷川卓
雨燕《あまつばめ》　北町奉行所捕物控
己をも欺き続け、危うい断崖に生きる女の淡く純な恋。惚れ合う男女に凶賊の手が迫る！

稲田和浩
そんな夢をあともう少し
千住のおひろ花便り
「この里に身を沈めた女は幸福になっちゃいけないんですか」儚い夢追う遣り手おひろの物語。